이 얼마나 천국 같은가

OH WHAT A PARADISE IT SEEMS
by John Cheever

이 도서의 국립중앙도서관 출판예정도서목록(CIP)은
서지정보유통지원시스템 홈페이지(http://seoji.nl.go.kr)와
국가자료공동목록시스템(http://www.nl.go.kr/kolisnet)에서 이용하실 수 있습니다.
(CIP제어번호: CIP2016025315)

JOHN CHEEVER

이 얼마나 천국 같은가

존 치버 장편소설
김승욱 옮김

문학동네

일러두기

1. 주석은 모두 옮긴이 주이다.
2. 본문 중 고딕체는 원서에서 이탤릭체로 강조한 부분이다.
3. 원서의 줄표는 가독성을 위해 괄호로 대체했다.

벤저민 헤일 치버에게

차례

1

이것은 비 오는 밤 낡은 집에서 침대에 앉아 읽어야 하는 이야기다. 개들은 잠들었고, 과수원 너머 흙길 건너편의 마구간에서 말(돔비와 트레이)소리가 들려온다. 부드럽게 내리는 비가 필요한 것이기는 해도, 절실히 필요한 정도는 아니다. 지하수가 제법 되고, 근처 강에도 물이 가득하며, 정원과 과수원의 관개시설(지금은 계절이 바뀌는 시기다)도 이상적이다. 오래전 깅엄을 생산하는 직물 공장이 있던, 폭포 옆 작은 마을에는 불빛이 거의 보이지 않는다.

공장의 화강암 벽은 널찍한 강 옆에 지금도 서 있고, 코린트식 기둥 네 개가 있는 공장 주인의 집도 이 마을에 하나뿐인 언덕 위에 여전히 왕관처럼 서 있다. 이곳이 세상의 변화와는 동떨어진, 활기 없는 마을처럼 보일지도 모르지만, 마을의 주간신문에는 미확인 비행 물체에 관한 기사가 아주 자주 실린다. 빨래를 널던 주부들이나 다람쥐를 사냥하던 운동 애호가들뿐만 아니라, 은행 부행장이나 경찰서장의 아내처럼 상당한 지위에 있는 사람들도 그런 비행 물체를 보았다고 말한다.

마을 북쪽에서 남쪽으로 거리를 걷다보면, 반드시 개들이 여러 마리 눈에 띄었다. 녀석들 모두 활기가 넘치고, 예외 없이 잡종이라는 것도 알 수 있었다. 하지만 잡종이되, 제 부모들의 특징이 뚜렷이 드러나는 잡종이다. 털이 매끄러운 푸들, 다리가 아주 짧은 에어데일, 언뜻 보기에는 콜리인데 다시 보면 그레이트데인처럼 생긴 개 들이 보일 것이다. 녀석들이 대단히 활기 넘치게 보이는 건 이렇게 피가 섞인 것, 어쩌면 새로운 혈통이라고 할 수도 있는 이런 섞임 덕분이었다. 녀석들이 텅 빈 거리를 서둘러 달려갔다. 마치 중요한 식사나 약속이나 회합에 늦어서 서두르는 것 같은 그 모습은 일부 주민들이 괴롭게 견디고 있는 듯한 외로움과는 거리가 멀다. 이 마을 이름인 재니스는 공장 주인의 첫번째 아내 이름을 딴 것이다.

이 마을의 역사적 의미와 관련해서 가장 놀라운 점 하나는 패스트푸드 체인점이 하나도 없다는 사실이었다. 당시로서는 몹시 이례적인 일이라 이 마을이 엄청난 빈곤이나 주민들의 모험심

부족 같은 문제를 안고 있었던 모양이라고 생각할 수도 있겠지만, 사실은 그저 패스트푸드 체인점을 열 장소를 결정하는 컴퓨터의 실수였을 뿐이다. 이곳의 역사적 특이점을 하나 더 꼽자면 이 마을의 저택들, 다른 시대의 유물인 그 저택들을 재건하면, 혼수상태에 빠져 죽어가고 있지만 터무니없게도 선구적이고 혁신적인 의료기술 덕분에 생명을 유지하고 있는 수많은 사람들을 위한 요양원으로 활용할 수 있는데 그런 방안이 실현된 적이 없다는 점이 있었다.

이 마을 북쪽 끝에 비즐리 연못이 있었다. 수심이 깊고, 팔을 구부린 것 같은 모양을 하고 있으며, 주위에 숲이 울창한 연못이었다. 물과 초록 식물들이 있는 곳이므로, 19세기의 화가라면 이 곳을 배경으로 노새를 탄 사랑스러운 여인이 품에 안은 아이를 향해 몸을 살짝 기울이고 있고 그 옆에는 지팡이를 든 남자가 있는 모습을 그려넣었을 것이다. 그리고 화가는 그림에 〈이집트로 도망치는 길〉이라는 제목을 붙일 수 있었을 것이다. 사실 그가 그림을 통해 기념하고 싶은 건 어느 여름날 멋진 풍경을 보며 느낀 당혹스러운 기쁨에 지나지 않았지만 말이다.

나이 먹은 남자는 지질한 존재일 뿐이다. 막대기에 씌워놓은 해진 외투 같은 존재. 하지만 그가 용기라고 불리는 새(이 경우에는 카르디날리스 비르기니아누스*)의 밝은 깃털을 본다면 얘기가 달라진다. 아, 그의 가슴이 얼마나 뛰놀았는지. 하지만 이스트 78번가에 홍관조가 웬일인가? 노인은 재니스에 사는 장녀에게 전화를 걸어 혹시 사람들이 스케이트를 타고 있느냐고 물었다. 두 사람은 대단히 실용적인 우호관계를 맺고 있었으며, 그 관계의 가장 큰 특징은 불신이었다. 딸은 한동안 날씨가 몹시 추웠지만 눈은 오지 않았다면서, 스케이트 타는 사람은 보지 못했지만 연못이 얼어붙기는 했을 거라고 말했다. 노인의 스케이트가 그의 피라네시** 화집, 나비 채집판 등과 함께 다락에 있다는 것을 딸은 알고 있었다. 1월 말의 일요일 오전이었다. 노인은 지방선 기차를 타고 딸이 사는 곳으로 향했다.

그의 이름은 레뮤얼 시어스였다. 말했듯이 노인이었지만 아직 거동이 불편하지는 않았다. 길을 건널 때 누가 도와줄 필요는 없었다는 뜻이다. 그는 아름답고 슬픈 포도주 잔 모양의 느릅나무가 고향의 지평선을 차지하고, 대부분의 욕조에 사자 발 모양 다리가 달려 있던 시절을 기억하는 세대였다. 비행선을 타고 여행할 수 있다는 꿈을 기억하는 세대이기도 했다. 신성로마제국의

---

* 북부홍관조의 학명. 켄터키 주의 주조(州鳥).

** 이탈리아의 판화가.

수도들 중 한 곳으로 행군해 들어가던 기억은 영원히 잊지 못할 것이다. 빙글빙글 이어지는 폭격으로 널찍한 교차로에는 사람 어깨보다 높은 건물이 하나도 남아 있지 않았다. 미처 묻히지 못한 망자들이 폐허가 된 성당 안에 누워 있었다. 아름다운 여름날이었다. 그는 가스 반동 라이플총의 최초 모델(M-1)로 무장했으며, 언론과 종교와 여행의 자유를 지키기 위해 자신의 목숨을 걸고 적을 죽일 각오가 되어 있었다.

딸이 그에게 가볍게 입을 맞췄다. 말했듯이 두 사람은 서로에게 믿음이 부족했지만, 관계의 깊이는 상당했다. 그녀는 하늘나라로 간 그의 첫번째 아내 어밀리아의 딸이었다. 딸이 스케이트를 건네주고는 연못까지 차로 데려다주겠다고 했지만 그는 걸어가는 편을 택했다. 약 6.5킬로미터 거리였는데, 그는 조끼가 갖춰진 양복을 입고 컴퓨터 컨테이너 제조사 일로 자주 출장을 갔던 동유럽 나라들 중 한 곳에서 산 모피 모자를 쓴 차림이었다. 백발은 개밀처럼 자라고, 살갗은 돛대가 하나뿐인 작은 배처럼 햇볕에 그을린 색깔이었다. 그는 오버코트를 필사적인 최후의 수단으로 생각하는 세대와 계급에 속했다. 물론 장갑은 끼었다. 그가 걸어간 연못은 비즐리 연못으로 불렸지만, 비즐리가 누구였는지 기억하는 사람은 하나도 없는 듯했다. 연못의 길이를 끝에서 끝까지 재보면 4킬로미터나 5킬로미터쯤 되었다. 얼어 있는 것 같았지만, 얼음을 지치는 사람은 네댓 명뿐이었다. 날씨가 온화한 일요일 오후인데도.

시어스는 그 광경을 흘깃 보고는 18세기와 19세기 네덜란드 화가들이 스케이팅 장면을 잔뜩 그렸던 것을 생각했다. 미술품 값이 혼란에 빠지기 전에는 경매가 끝난 뒤 대개 네덜란드 화가의 스케이팅 그림 몇 점이 팔리지 않은 채, 아무도 원하지 않는 하프시코드 옆, 팔리지 않은 우산 꽂이에 기대어져 있곤 했다. 브뤼헐*도 스케이팅 그림을 몇 점 그렸지만, 시어스는 그보다 훨씬 이른 시기, 그의 짐작으로는 12세기에 그려진 스케이팅 그림(드로잉)을 본 적이 있었다. 그는 또한 스케이트(아니, 셰이트. 언어가 생기기 훨씬 전에 스케이팅이 먼저 생겼으므로)가 사냥 때 속도를 낼 수 있게 해준 덕분에 호모사피엔스가 우월성 경쟁에서 네안데르탈인을 능가할 수 있었다는 주장을 바탕으로 경력을 쌓아올린 영국의 고생물학자 앨런 가드너를 떠올릴 때마다 항상 즐거워진다. 가드너가 이야기하는 시대는 이십만 년 전, 지구의 많은 부분이 얼음으로 덮여 있었을 때이므로, 그때의 셰이트는 넓적부리새의 두개골로 만든 것이었다. 앨런 가드너의 말년에 이르러 그의 논문이 모두 거짓이었음이 밝혀졌으나 시어스

---

* 16세기 네덜란드 화가. 풍경화로 유명하다.

는 그의 주장에 깃든 시적인 풍취가 영원하다고 생각했다. 스케이트를 탈 때 느끼는 쾌속함이 고대의 경험처럼 깊이를 지닌 것 같았기 때문이다. 그는 또한 학자들의 세계를 상대로 사기를 치는 사람들에게 항상 편파적인 애정을 느꼈다.

그는 스케이트를 신고 출발했다. 스케이팅은 그에게 수영만큼이나 자연스러운 일이었다. 얼음을 지치는 사람이 왜 이렇게 적은지 궁금했기 때문에 그는 어떤 젊은 여성에게 물어보았다. 이제 겨우 결혼할 나이가 된 것 같은 그 검은 머리 아가씨는 황금색 고리 모양 귀걸이를 하고 하키스틱을 파라솔처럼 들고 있었다. "맞아요, 맞아요." 그녀가 말했다. "하지만요. 이 연못이 이렇게 꽁꽁 언 게 백여 년 만의 일이에요. 눈이 내리지 않으면서 날씨가 이렇게 추워진 게 백여 년 만의 일이라고요. 정말 천국 같지 않아요? 너무 좋아요. 좋아, 좋아, 너무 좋아요." 그는 오래전 연인에게서 바로 이런 감탄사를 들은 적이 있었다. 하지만 워낙 오래전이라 그녀의 이름도, 머리색도, 자신과 그녀가 정확히 어떤 성애의 곡예를 벌였는지도 기억나지 않았다.

그는 스케이트를 타고 또 탔다. 쾌속함의 기쁨이, 아까 아가씨의 말처럼, 천상의 것 같았다. 길게 뻗은 검은 얼음 위를 흔들흔들 미끄러지다보니 고향에 돌아온 듯한 느낌이 들었다. 마침내, 춥고 긴 여행 끝에 그는 사람들이 자신의 이름을 잘 알고 사랑해

주는 곳, 방에서는 램프가 빛나고 화덕에서는 불이 타오르는 곳으로 돌아오고 있었다. 스케이트를 타는 사람들이 모두 집으로 돌아가고 있다는 행복한 확신을 안고 얼음 위를 움직이는 것 같았다. 집이라고 해봤자 시어스를 포함한 많은 사람들에게는 텅 빈 방과 텅 빈 침대에 불과할 수도 있지만, 검은 얼음 위를 빙 돌며 움직이고 있자니 시어스는 집으로 돌아가고 있다는 확신이 들었다. 그보다 더 의심이 많은 사람이라면 집으로 돌아간다는 환상이 얼마나 덧없는 것인지 잘 보여주는 사례라고 지적할지도 모른다. 겨울 석양이 보여주는 빛과 색채의 향연 속에서 그는 스케이트 끈을 풀고 시내에 있는 자신의 아파트로 돌아갔다.

하지만 그다음 일요일에 그는 다시 얼음판으로 돌아왔다. 이번에는 사람들이 전보다 많았다. 아마 오십 명은 돼 보였지만, 이렇게 넓은 얼음판에 비하면 여전히 적은 숫자였다. 하키 경기장이 임시로 만들어져 있고, 그 왼쪽 어딘가에서는 스케이트를 타는 사람들 대부분이 경지에 이른 피겨 선수처럼 보였다. 하지만 대다수의 사람들은 시어스처럼 그냥 얼음판 위를 오락가락하면서 쾌속함과 우아함이 이미 자기들 손안에 있으므로 겉으로 내보이기만 하면 된다는 환상에 완전히 빠져 있었다. 시어스는 한두 번 넘어졌지만 그건 거의 모든 사람들이 마찬가지였다. 오후가 끝나갈 무렵 그는 훌륭한 브레이크 턴을 능숙하게 선보이고 멈춰 선 뒤 다른 사람들의 목소리에 귀를 기울였다.

늦은 시각이었다. 산그림자 때문에 얼음판 절반이 어두워져 있었다. 하키 경기도 거의 끝나가는 중이었고, 피겨 선수들은 이미 장비를 벗고 집으로 돌아간 뒤였다. 밤이 임박했다는 점을 감안할 때, 사람들의 목소리가 놀라울 정도로 가벼웠기 때문에 그는 전에 지중해 바닷가에서 들은 목소리들을 떠올렸다. 지금은 오염이라는 야만으로 인해 그 해안을 잃어버렸지만. 얼음판 위의 그와 동료들은 어둠이 내리기 전 바닷가의 사람들을 빨아들이는 순진무구함에 크게 심취한 상태를 즐기는 것 같았다. 그래서 그는 해가 질 때까지 스케이트를 더 탄 뒤에 의심이 많지만 사랑스러운 딸에게 작별의 입맞춤을 하고 시내에 있는 자신의 집으로 돌아갔다.

시어스가 스케이트를 들고 다시 왔다가 얼음이 이미 녹아버리고 비즐리 연못이 쓰레기장으로 이용되고 있음을 알게 된 것은 이 주쯤 뒤였다. 충격이었다. 연못은 거의 3분의 1이 이미 더러워졌고, 오른편에는 십 년은 돼 보이는 자동차의 골격이, 그보다 더 가까운 곳에는 개의 시체가 보였다. 심장이 터져버릴 것 같았다.

쓰레기장을 찬양할 이유가 있는가? 탈선행위를 설명하려고 애쓸 이유가 있는가? 여기에 있는 것은 휴대용 물건들에 대한 열정은 줄이지 않은 채 방랑생활은 하고 싶어하는 세상의 배설물이었다. 대부분의 방랑자들은 텐트와 안장의 문화, 무리를 지어 이동하는 습성을 점점 갖게 되지만, 여기 이 방랑자들은 거대한 침대와 육중한 냉장고에 대한 열정을 그대로 지니고 있었다. 그래서 그들의 이동성, 즉 떠도는 생활과 영원한 것에 대한 사랑이 충돌하는 바람에 여기 비즐리 연못에 그 혼돈이 배설물로 남은 것이다.

재앙을 길게 생각할 이유가 있는가? 시어스가 본 것은 절대적인 재앙이었으나, 또한 우울한 힘을 지닌 재앙이었다. 대부분의 남자들은 사랑하는 이에게 전기토스터나 진공청소기를 사주고, 그 보상으로 최고의 행복을 맛보았다. 옛날 우리 사랑의 기념품들이 이렇게 널브러져서 녹슬어가는 모습, 내던지는 힘에 뒤집어진 모습을 보는 것은 지극히 우울한 경험이 될 수 있다. 수천, 수만 개의 철제 옷걸이들이 세상에서 유일하게 가정적이고 진정한 음표처럼 울렸다.

시어스는 시내로 돌아온 뒤 자신이 거래하는 법률 사무소에 전화를 걸어 비즐리 연못의 비극을 조사해달라고 요청했다. 신문사에 편지도 썼다.

2

메모리 용량이 실리콘칩보다 무한히 큰 서비컬칩의 혁명 때문에 시어스는 카르파티아 산맥*에 있는 서비컬 광산과 다뉴브 계곡에서 새로 발견된 서비컬 매장지에 여러 번 다녀와야 했다. 내가 이 글을 쓰던 당시 실리콘 RAM**과 ROM***에 담을 수 있는 최대 정보는 1만 6,000가지였다. 64K 실리콘칩에는 6만 5,536비트의 정보가 들어가는 반면, 서비컬칩 덕분에 새로 나온 VLSI 회로에는 100만 비트 이상의 정보가 들어갔다. 톰슨 하워드가 완성한 연구는 서비컬칩의 우월성을 증명해주는 듯했다. 그는 30만

---

* 동부 유럽의 습곡(褶曲) 산맥.

** 컴퓨터 주기억장치 중 하나인 Random Access Memory의 약칭.

*** 컴퓨터 주기억장치 중 하나인 Read Only Memory의 약칭.

개의 칩을 테스트한 끝에 서비컬칩에 결함이 더 적다는 사실을 알아냈다. 시어스는 컴퓨터 컨테이너를 위한 침입 시스템을 제조하는 회사에서 일하면서, 사실들을 다루는 힘은 초자연적으로 강하지만 사실을 분별하는 능력은 초자연적으로 부족한 컴퓨터 메모리를 끊임없이 접했다. 아마 이 때문에 그가 비즐리 연못이 파괴되어 스케이트를 탈 수 없게 된 일 같은 감상적인 사건에 더욱 관심을 갖게 되었을 것이다. 최근에는 또다른 감상적인 사건이 그의 관심사가 되었다.

내가 이 글을 쓰던 당시는 줄을 서서 기다리는 풍습이 자동화로 인해 심각한 도전에 직면한 시대였다. 특히 은행에서 이런 현상이 강하게 나타났다. 신문광고, 텔레비전, 우편전단 등이 은행 고객들에게 돈을 예금하거나 인출할 때 유순한 기계에 카드를 삽입하는 방법을 쓰라고 촉구했다. 하지만 카드를 잃어버렸거나, 아니면 너무나 외로워서 창구 직원에게 빙긋 미소를 지어주고 싶어 창구 앞에 줄을 서서 상냥하게 기다리는 것도 마다하지 않는 사람들이 아직 많이 있었다. 그들은 천국의 문 앞에도 사람들이 줄을 서 있을 거라고 상상하는 세대에 속했다. 그렇게 줄을 늘어선 사람들 가운데서도 변화의 힘이 어느 정도 느껴지기는 했지만, 그것은 로마나 샌프란시스코행 비행기 요금이 인상된 지 하루나 이틀 뒤에 공항에서 눈에 띄는 변화의 수준과 비슷했다.

특별한 기준 없이 선택된 희미한 음악 소리가 허공을 채웠다.

그녀는 그보다 두세 사람 앞에 있었다. 놀랄 만큼 아름다운 그녀는 하이힐을 신었는데도 그보다 2~3센티쯤 키가 작았다. 몸집도 작아서 안아줄 수 있을 것 같았다. 그는 이런 것이 현실적으로 고려해야 할 점이라고 생각하고 있었다. 이목구비는 정말로 화려하고 사랑스러웠다. 그는 그녀의 외모를 보고 이토록 강렬한 인상을 받은 것이 어쩌면 과거에 대한 향수 때문인지도 모른다는 생각이 들었다. 점점 늙어가고 있기 때문에 사랑도 끝났을지 모른다는 두려움 때문일 수도 있었다. 그 상실의 가능성에 대한 생각이 그의 마음에서 큰 자리를 차지하고 있었다. 영화에서 남녀가 열렬히 키스하는 장면이 나오면 그는 혹시 자신이 내일이나 모레쯤 그 세계를 떠나야 하는 것인가 하고 고민했다. 거리에서 연인들이 깊은 애정을 품고 포옹하거나 어깨를 나란히 하고 기쁘게 걷는 모습을 볼 때면, 아주 순간적인 일이기는 해도, 자신의 나이가 생각났다. 그가 그녀의 모습에 넋을 잃은 데에는 이런 것들이 영향을 미쳤을지도 모른다. 그녀의 모습은 가장 솔직하고 활기찬 기억들을 일깨웠다. 야구장에서 투수가 아직 1구를 던지기 전, 바리톤 목소리가 국가를 부르는 동안 깃발이 올라가는 모습. 과장된 표현이지만, 그녀의 외모가 불러낸 기억들은 오로지 밝은 것으로만 가득차 있었다. 그녀의 머리카락은 차분한 노란색이었다. 커다란 검은색 선글라스를 쓴 그녀의 눈은 틀림없이 보라색일 것이다. 그녀의 자그마한 몸집에는 산맥을 연상시키는 것이 전혀 없었지만, 분명히 낙원의 존재가 선언처럼 드러나 있었다. 그것이 산속의 낙원인지 바닷가의 낙원인지는 각자의 취향에 달린 일일 것이다. 다른 날이라면 그녀의 모습에서 널찍한 해변을 연상했을지도 모르지만, 오늘 그가 그녀에게서 보고 있는 것은 산이었다. 그는 눈을 들고 고개를 들어 어깨에 힘을 주고 싶어하는 것 같았다. 도박장들이 늘어선 무서운 거리를 따라 차를 몰다가 눈 덮인 산을 보고 그 도전적인 모습과 아름다움은 언제나 변하지 않는다는 사실을 느꼈을 때 그러는 것처럼. 그의 삶을 구성하는 요소들이 다리의 필요성을 주장하는 듯했다. 그리고 두 사람은 그날 오전 은행에서 그런 다리를 지을 능력이 있는 것 같았다. 젊은 아가씨이자 여성으로서 그녀가 줄곧 아주 예쁘다는 소리를 들었다는 사실이 하나의 요소, 또는 한 톨의 알곡으로 존재했다. 그녀는 마가린 포장지의 쾌활한 아가씨 같기도 했고, 아버지의 시가 상자에 그려진 동양 무용수 같기도 했다. 아홉 살 무렵, 그의 작은 고추를 동요시키던 그 아가씨.

그 시각 은행 안을 채운 음악은 래그타임으로 편곡한 브란덴부르크 협주곡이었다. 그는 그녀의 등의 매끄러운 살결을 상상해보았다. 곧게 뻗은 그 등은 약속의 땅 같았다. 그는 물론 그녀를 연인으로 원하고 있었다. 심오하고 만족스러운 성애의 완성은 자신이 지닌 불멸의 영혼을 내보임과 동시에 상대가 지닌 불멸의 영혼을 잠시 엿보는 행위라는 생각이 들었다. 우리의 연인들은 항상 우리만큼 또는 우리보다 더 대단하다. 그는 줄에서 벗어나 그녀의 어깨를 가볍게 두드린 뒤 말했다. "지금 흐르는 음악이 뭔지 물어봐도 되겠습니까? 음악을 잘 이해하는 분 같아서요."

"선생님은 여자에 대해 아무것도 모르시네요." 그녀는 이렇게 말하고 나서 달콤하게 웃으며 들고 있던 서류 몇 장을 떨어뜨렸다. 그것을 주워주면서 보니 대부분 부동산 광고지였다. 그는 그것들을 돌려주면서 부동산 일을 하느냐고 물었다. 그녀가 그렇다고 하자 그는 아파트를 새로 구하는 중이라고 말했다. 그녀가 그에게 르네 헌든이라는 이름이 찍힌 명함을 주었고, 두 사람은 줄 속의 자기 자리로 돌아갔다.

시어스는 이스트 78번가에 있는 자신의 아파트에 상당히 만족하고 있었다. 하지만 그는 거짓을 일삼는 사람이 아니었으므로 며칠 뒤 르네 헌든에게 전화할 때 그녀와 함께 보내는 시간이 얼마든 후하게 보상할 생각을 하고 있었다. 그는 방이 하나나 둘인 아파트를 찾고 있으며, 적어도 2년 계약으로 상당한 임대료를 지불할 각오가 되어 있다고 말했다. 그녀는 다음날 오후에 그에게 집을 보여주기로 했다.

그녀가 일하는 사무실은 그가 보기에 일종의 하계下界 같았다. 그곳들은 하계 같은 동네의 하계 같은 건물에 있는 하계 같은 층에 있었다. 사무실에 들어선 그의 눈에 휴대성이 두드러지지 않는 물건은 하나도 보이지 않았다. 응접실을 장식한 거대한 화병에는 인조 풀과 잡초가 가득했으며, 접수원의 책상과 접수원 본인은 통보만 떨어지면 금방 다른 건물이나 다른 주는 물론 심지어 다른 나라로까지 옮겨갈 수 있을 것 같았다. 그를 맞으러 나온 르네 헌든은 상당히 영속적인 존재 같았다. 그의 관심과 감각과 지성을 사로잡는 그녀의 모습은 지금 이 순간 그가 영속성에 대해 알고 있는 거의 전부였다.

그가 보기에 그녀는 서른다섯이나 어쩌면 마흔 살쯤이고, 한 번 또는 두 번쯤 결혼한 적이 있을 것 같았다. 지금 이 시점에 그녀의 과거는 그가 상관할 일이 아니었다. 그녀는 양지바른 거리였다. 당시 그녀 또래 여자들의 한결같은 옷차림은, 사별했든 이혼했든 부동산 중개인이든 도자기점 직원이든 상관없이 신성하게 정해진 것 같았다. 정장에 좋은 향수 조금, 모자는 없이. 그는 그녀에게 입을 맞추고 싶었다. 그녀도 잘 알고 있었을 것이다. 함께 거리로 나온 뒤 그가 한쪽 팔을 내밀자 그녀는 따뜻한 표정으로 그의 팔짱을 끼고서 미소를 짓거나 즐거운 웃음을 터뜨렸다. 그리고 목적지까지 걸어가도 되고 택시를 타도 된다고 말했고, 그는 걷는 편이 즐거울 것 같다고 말했다.

겨우 반 블록쯤 걸었을 때 그녀가 상점에 진열된 자수 스카프에 관심을 보였다. 아니, 자석처럼 끌려갔다고 해야 옳을 것이다. 그녀는 여전히 그의 팔짱을 낀 채로 감탄하며 스카프들을 바라보았다. 그가 스카프를 하나 사주겠다고 하자 그녀는 정중하게 거절했다. 그의 경험상 진심에서 우러나온 거절이었다. 그는 여자들이 속이 빤히 보이게 거절하는 모습을 많이 보았다. 따라서 그녀가 낯선 사람에게서 선물을 받지 않겠다고 분명히 거절한 것은 그녀의 긍지가 어느 정도인지를 언뜻 보여주는 행동이라는 생각이 들었다. 그녀와 친해진 것 같고, 그녀가 사랑스러워 보였다. 그에게 보여주기로 한 아파트까지 세 블록을 걸어가는 동안 그녀가 진열창마다 일일이 걸음을 멈추고 상품을 구경하는 모습에도 그는 기쁨을 느꼈다. 그녀가 보지 않은 진열창은 수술도구가 진열된 곳 하나뿐이었다. 두 사람은 구두와 모자와 옷과 도자기로 만든 동물 인형들과 보석 장신구와 도자기 그릇을 구경했다. 판매중인 모든 물건에 관심을 보이는 그녀의 모습이 그에게는 매력적이었고, 남자와 여자와 다양한 상황과 날씨 변화에 대한 거리낌없는 열정을 그에게도 드러낼 것이라고 약속해주는 듯했다. 그녀가 그에게 보여준 아파트는 아주 달랐다.

이 시기에는 성폭행과 강도 사건이 빈발했기 때문에 어떤 동네에서는 아파트 안으로 들어가기가 힘들었다. 그래서 그녀가 필요한 서류와 열쇠를 갖고 있는데도 도어맨을 설득하느라 몹시 애를 먹었다. 제복의 단추를 채우지 않은 도어맨은 두 사람과 이야기하면서 옛날에 부엌에서 쓰던 성냥으로 잇새를 청소했다. 마침내 아파트 안에 들어섰을 때, 복도를 흐릿하게 밝히고 있는 똑같은 전등들, 똑같이 생긴 문들, 그리고 그녀가 원하는 아파트를 금방 찾지 못해 고생하는 모습 등을 통해 그는 고행의 고독을 느꼈다. 그녀가 보여준 아파트는 방랑자의 은신처 같은 곳이었다. 연인 또는 기둥서방에게 버림받은 여자가 쓰던 의자와 탁자가 그대로 남아 있고, 여자가 찍은 남자의 사진들(벌거벗은 사진이 많았다)이 여전히 침실 벽에 걸려 있었다. 좁은 테라스에서는 파란 하늘을 조금 볼 수 있었지만, 대낮의 환한 햇빛은 결코 아파트 안까지 들어오지 못했다.

물론 르네는 그가 이 아파트를 원하지 않으리라는 것을 알고 있었으므로 자신의 생각을 그대로 말했다. “제가 왜 여길 선생님께 보여드렸는지 모르겠네요. 저도 정말 싫어하는 곳인데.” “그 덕분에 나는 당신에게 저녁식사를 청할 기회를 얻었습니다.” 그가 말했다. “저도 선생님과 저녁식사를 같이하고 싶어요. 저녁을 조금 늦게 먹어도 괜찮다면요. 초저녁에는 제가 바쁘거든요." 그녀가 말했다. "시간이야 아무 상관없어요." 그가 말했다.

두 사람은 다시 걸어서 돌아갔다. 이번에는 아까 걸었던 길의 건너편을 걸으면서 상점에 진열된 장갑, 신발, 골동품, 자수, 그림 등을 구경했다. "언제 만날까요?" 그녀의 사무실 문 앞에 도착했을 때 그가 물었다. "목요일?" 그녀가 물었다. "목요일 아홉 시 십오분쯤에 세인트안셀름 교회 교구회관에서 만나요." 이 말을 남기고 그녀는 사라졌다.

세인트안셀름 교회는 장로교회였다. 그녀가 평일 밤에 무슨 일로 교회에 가는 건지 궁금했다. 사순절 기간이었으므로 교회는 온통 슬픔에 잠겨 있을 터였다. 하지만 잘은 몰라도 장로교는 그가 다니는 성공회보다 축일을 덜 엄격히 지키는 것 같았기 때문에 어쩌면 목요일이 교회 축일이 아닐 수도 있겠다는 생각이 들었다. 그렇다면 그녀도 교회에 기도를 하러 간 것은 아닐 듯했다. 그의 아내들이나 연인들 중에는 교회에 열심히 다니는 사람이 아직 한 명도 없었으므로, 여자를 만나려고 교회에 가는 게 그에게는 평생 처음 있는 일인 듯싶었다. 세인트안셀름 교회는 좋은 동네인 파크애비뉴에 있었다. 재산이 무엇보다 중요한 동네였다. 교회 정문은 어둡고 잠겨 있었지만, 모퉁이를 돌아간 곳에 있는 교구회관 문은 환하게 불이 밝혀져 있고 잠겨 있지도 않았다. 안으로 들어가니 커다란 현관이 있었다. 그리고 나타난 또 하나의 문은 왕성의 문처럼 웅장했다. 그 위에 압정으로 꽂아둔 공고문에는 '회원만 참가할 수 있는 모임입니다'라고 적혀 있었다. 아마추어의 솜씨인 듯한 공고문을 보자 그는 젊지도 아름답지도 않지만 성실해서 호감이 가는 여자가 부엌 식탁에서 이 공고문을 만드는 모습을 떠올렸다. 시어스의 상상력은 낙관적인 쪽으로 흐르고 있었기 때문에, 닫힌 문 뒤에서 열리고 있는 모임에 들어가려면 회원의 자격, 가령 모종의 맹세 같은 것이 필요하다는 사실도 불길하게 보이지 않았다. 어쩌면 회비를 내야 하는 건지도 모른다는 생각이 들었다. 하지만 모임을 잠깐 들여다보는 정도는 결코 방해로 여겨질 것 같지 않아서 그는 문을 살짝 열었다.

교회 회의실 또는 강당처럼 생긴 방이 보였다. 자선 바자회를 열거나 성탄 연극을 공연하는 곳. 그는 연단에 선 연사의 말에 열심히 귀를 기울이고 있는 남녀 마흔 명의 얼굴을 바라보았다. 하지만 이 모임의 성격을 도무지 알 수 없어서 충격을 받았다. 그가 잘 알고 있는 전쟁 때도, 불타는 도시에서 피난을 갈 때도 이렇게까지 다양한 사람들이 모여 있는 광경은 본 적이 없었다. 선별이라는 말이 전혀 적용되지 않은 집단이었다. 젊은 얼굴, 늙은 얼굴, 초췌한 얼굴, 차분한 얼굴만 보고는 아무것도 알 수 없었기 때문에 그는 옷차림을 살펴보았지만 더욱더 오리무중이 되고 말았다. 부자의 옷차림, 가난한 사람의 옷차림, 부자를 흉내 낸 싸구려 모조품이 섞여 있었기 때문이다. 이 사람들은 누굴까? 도대체 누굴까? 그의 조국의 뚜렷한 특징인, 다양한 민족의 솔직하고 유쾌한 얼굴들이 여기 있었다.

그는 연단에 선 여자를 보았다. 아마도 사십대로 보이는 그 검은 머리 여자는 이렇다 할 특징이 없는 긴 드레스를 입고 있었다. 흔히 이브닝드레스라고 부르지만 사실은 결혼식, 세례식, 바비큐 파티에 모두 입고 가는 옷. 그녀는 이름들을 읽고 있었다. 이름이 불린 남자 세 명과 여자 두 명이 연단으로 올라갔다. 여자 하나는 허리가 굽은 것으로 보아 칠십대임이 분명했다. 남자 하나는 열아홉 살쯤 되어 보였다. 소가 핥은 것처럼 머리카락이 둥글게 꼬여 있는 곳이 세 군데 있고, 혈색이 좋았으며, 오디엄 대학의 이름이 인쇄된 운동복 상의를 입은 청년이었다. 그 옆에는 정장을 완벽하게 갖춰 입은 금발 청년, 그 옆에는 그가 사랑하는 르네가 있었다. 좋은 중고차 값에 조금 미치지 못하는 아주 소박한 원피스 차림으로. 처음 보았을 때와 똑같이 지금도 사랑스럽고 밝아 보였다.

"불을 끄세요, 찰리." 긴 드레스를 입은 여자가 말했다. 불이 꺼지고 긴장 속에서 일이 분쯤 시간이 흐른 뒤 문이 열리더니 어떤 남자가 납작한 싸구려 케이크를 들고 들어왔다. 건물 관리인이나 최고령 속기사의 퇴직을 기념하기 위해 주문할 법한 케이크에는 초가 꽂혀 있었다. 다시 불이 켜지자 사람들이 일어서서, 이럴 때 다들 그러듯이 진심을 다해 단조로운 목소리로 노래를 불렀다. "축하합니다, 축하합니다, 사랑하는……" 르네는 빙긋 미소 짓다가 소리 내어 웃었다. 축하의 말을 들으며 진심으로 기뻐하는 것 같았다. 그는 이 자리에 모인 사람들을 다시 바라보았다. 저 다양한 얼굴들이 한자리에 모인 이유를 어떻게든 알아내야 할 것 같았다. 그러다가 그는 자신이 남자와 여자, 젊은이와 노인의 얼굴을 하나하나 살펴보면서 그 얼굴들이 성애의 절정에서 일그러진 모습을 상상하고 있음을 알아차렸다. 자신이 이토록 스스럼없이 그들의 사생활을 침범했다는 사실이 유감스럽고 부끄러워서 그는 문을 닫았다.

직원이 현관을 쓸고 있었다. "저 안의 모임은 뭡니까?" 시어스가 물었다. "나도 모릅니다. 금연인지 금주인지 금식인지를 위한 모임일 텐데, 오늘밤 모인 사람들이 어느 쪽인지는 기억이 안 납니다. 나는 금연을 주장하는 사람들 때문에 골치가 아픈데 말이죠. 나는 하루에 한 갑을 피웁니다. 한 갑 반이라고 해도 되겠네요. 그리고 담배꽁초를 빗자루로 쓸죠. 그게 내 일이니까요. 나는 그 일을 하라고 월급을 받는 사람이니까 남들이 이래라저래라 할 필요가 없는 겁니다. 그런데 말이죠, 지난주에 세금을 내러 갔을 때 어땠는 줄 아십니까? 거긴 정부 건물이었습니다. 내 세금이 들어간 건물이에요. 그런데 벽에 '금연해주셔서 감사합니다'라는 글이 붙어 있는 거예요. 내가 거기서 담배를 피울지 안 피울지 그 사람들이 어떻게 안답니까? 내가 오줌을 쌀지, 방귀를 뀔지, 거시기를 세울지 그 사람들이 어떻게 알아요? 금연해주셔서 감사하다니. 그 사람들이 뭐라고 그렇게 간섭합니까? 숨을 쉬지 않아줘서 고맙다는 말도 할 일이지……" 그러고 나서 그는 문밖으로 나갔다.

몇 분 뒤 모임에 참석한 사람들이 한목소리로 뭔가를 외우는 소리가 들렸다. 열심히 또렷한 목소리를 내는 걸 보니 오컬트 주술은 아닌 듯했다. 하지만 도대체 무엇인지 상상이 잘 가지 않았다. 운율이 성경처럼 친숙한 걸로 보아 어쩌면 주기도문이나 시편 23편인 것 같기도 했다. 하지만 17세기 성경 번역본의 운율과도 조금 흡사했기 때문에 누군가가 답을 말해주지 않는 이상 그들이 무얼 외우는지는 결코 알 수 없을 것 같았다.

이내 문이 열리고 사람들이 밖으로 나왔다. 공연이나 강연이 끝나고 나오는 사람들과는 달리, 사교 모임을 끝내고 나오는 사람들처럼 천천히 몇 명씩 걸어나왔다. 사실 그는 아까 그들이 케이크에 꽂힌 촛불을 불어서 끄는 것을 보았다. 그는 그녀를 찾았다. 오랜 세월을 살아오면서 공항과 기차역과 부두에서 사랑스러운 여자들을 찾았듯이 지금은 교구회관에서 그녀의 밝은 모습을 찾았다. 언제나 밝은 그녀의 모습이 눈에 들어오자 그는 그녀에게 다가갔다. 그녀는 그의 팔짱을 끼고 함께 밖으로 나갔다. 그가 큰길에서 택시를 잡았다. "도대체 무슨 모임이었습니까?" 택시에 오른 뒤 그가 물었다. "다시는 그 질문을 하지 않겠다고 약속해주실래요?" 그녀가 물었다. "이상한 소리로 들리는 건 알아요. 저도 선생님 입장이라면 이상한 소리라고 생각했을 거예요. 하지만 저는 밤에 교구회관을 찾을 때가 아주 많답니다. 그리고 그 이유를 아무에게도 말하고 싶지 않아요. 만약 저랑 금요일에 만나신다면, 사회연구뉴스쿨로 저를 데리러 오셔야 할 거예요. 그리고 거기에는 왜 가느냐고 묻는다면 그건 대답해드리겠어요."

"사회연구뉴스쿨에는 왜 가는 겁니까?"

"회계학 강의를 듣고 있어요."

"업무 때문인가요?"

"아뇨. 제 소득세를 이해해보려고요."

"머리가 좋으시군요."

"선생님은 여자를 전혀 모르세요." 그녀가 소리 내어 웃었다.

그는 가장 비싼 식당에 예약을 해두었다. 식당 사람들이 그를 잘 아는 곳이었다. 그런데 놀랍게도 식당 사람들은 그녀 역시 잘 알고 있었다. 수석 웨이터가 그에게 따스한 인사를 건넨 뒤 그녀에게도 그에 못지않게 따스한 인사를 건넸다. 시어스는 그녀의 뒤를 따라 예약한 자리로 걸어가며 그녀의 태도를 통해 그녀가 자신의 매력을 잘 아는 똑똑한 여자라는 사실을 분명히 알 수 있었다. 그녀는 정말 똑똑한 여자처럼 보였다. 한 웨이터가 다른 웨이터에게 한쪽 눈을 찡긋할 정도였다. 시어스에게 이것은 더욱더 흥미를 북돋우는 사실이었다. 그는 첫번째 코스로 차가운 송어 요리를 주문했고, 그녀가 대부분을 먹었다. 그는 73년산 몽라셰 포도주도 주문했지만 그녀가 잔에 거의 손을 대지 않는 것이 눈에 띄었다. 그녀는 그의 수프를 맛보더니 너무 짜다고 말했다. 하지만 그가 주문한 오리 프랭타니에가 나왔을 때는 그녀도 그에게 맞먹을 만큼 많은 양을 먹었다. 자기 몫의 음식도 즐겁게 먹었다. 시어스는 단것을 거의 먹지 않는 사람이지만, 그녀는 크렘브륄레를 먹으면서 자신에 대해 내키는 대로 이야기해주었다.

그녀는 아서라는 성공한 치과 의사와 이혼했으며, 아이가 둘 있었다. 열여덟 살인 아들은 동방 종교에 푹 빠져 있다는데, 그녀의 이야기만으로는 그가 티베트에 있는 건지 아닌지 확실히 알 수 없었다. 딸은 디모인에서 발레학교에 다니고 있었다. 아서도 디모인에 살고 있었다. 그녀는 냉소의 기색도 웃음도 없이 자신이 지금 전환점에 서 있다고 말했다. 그는 자신이 사실은 아파트를 찾고 있는 게 아니라고 그녀에게 털어놓을 때가 아직 되지 않았다는 느낌이 들었지만, 그녀의 말투를 보면 이미 알고 있는 것 같기도 했다. "저녁식사를 한 뒤에 당신 집에 가볼 수 있으면 좋겠습니다." 그가 말했다. "제 집은 너무 엉망이라서 보여드리기가 부끄러워요."

"그래서 제가 이 자리에 있는 건데요." 밝은 얼굴로 이렇게 말하는 모습에 그는 순간적으로 우울해질 뻔했지만, 그녀의 입장에서는 단순히 상황에 맞춘 적절한 대처에 불과한 것 같았다. "새로운 아파트를 보여드릴게요. 팔십 몇 번가에 침실이 두 개고 전망이 좋아서 다리들이 훤히 내다보이는 아파트가 있다고 들었어요. 저녁식사 후에 그곳에 가볼 수 있을 것 같아요."

그는 신용카드로 저녁식사 비용을 지불했다. 그녀는 그가 영수증에 쓴 팁 액수를 보고 부드럽지만 슬픈 목소리로 말했다. "너무 많아요. 정말 너무 많아요."

두 사람은 셋집으로 나와 있는 아파트까지 택시를 탔다. 도어맨을 통과하는 데는 아무런 문제가 없었지만 시어스가 보기에 이 건물은 너무 커다란 미로 같았다. 사십 층인가 오십 층을 올라간 곳에서 그녀가 잠긴 문을 열자 강과 다리와 불빛들이 내다보이는 아주 작은 방이 나타났다. 예쁘지만 그리 마음에 들지 않았다. 아주 작은 침실 하나, 주방 하나, 잠긴 문 하나가 있었다. 그녀는 그 문에 여러 열쇠를 꽂아보았다. "시내가 내다보이는 침실이 하나 더 있어요. 여기에 그렇게 적혀 있거든요." 그녀가 그에게 복사한 자료를 보여주었다. 두 침실에 대한 설명이 있는 그 자료에는 침실 하나가 널찍하며 시내의 풍경이 잘 보인다고 적혀 있었다. 하지만 문이 잠겨 있었다. 그녀가 가진 열쇠 중 어떤 것도 그 문을 열지 못했다. 그녀는 열쇠를 모두 꽂아보았고, 시어스도 그렇게 했다. "별로 신경쓰실 필요 없습니다." 그가 말했다. "이 침실을 꼭 보고 싶지는 않아요. 사실 거실이 너무 작아서 말이죠. 내 가구가 하나도 들어가지 않을 것 같습니다. 그러니 이 방을 보여주지 못했다고 걱정할 필요 없어요."

그래, 걱정. 그녀는 걱정하고 있었다. 그래서 열쇠로 문을 열 수 없자 손으로라도 억지로 잠금장치를 돌리려고 했다. 문을 발로 차기도 했다. 그 모습에 시어스는 두번째 아내인 에스텔의 모습을 떠올렸다. 아마도 런던에서 있었던 일 같은데, 야간비행기를 타고 공항에 도착해서 시계를 보니 세시 삼십분이었다. 애매한 시각. 두 사람은 기진맥진해서 뭐가 뭔지 정신을 차릴 수 없었다. 그런데 파업 때문인지 태업 때문인지, 아니면 무슨 역사적 재난이나 행사, 그러니까 지진이나 대관식 같은 것으로 인한 승객의 증가 때문인지 하여튼 짐을 찾아 세관을 통과하는 과정 전체가 터무니없을 정도로 지체되고 있었다. 세관을 통과하기도 전에 벌써 런던 하늘에 동이 터올 정도였다. 그날 아침의 기분으로는 참으로 절망적인 여명이었다. 그는 세관을 통과한 뒤 가방을 들고 택시를 기다리는 줄로 향했다. 그런데 에스텔이 걸음을 멈추더니 어떤 문을 열려고 했다. 유럽의 모든 언어는 물론 심지어 키릴어로도 '출입금지'라고 적혀 있는 문이었다. 에스텔은 지금의 르네처럼 그 문을 억지로 열려고 했다. 'EINTRITT IST VERBOTEN'*이라는 글자를 주먹으로 두드리다가 지금의 르네처럼 훌쩍훌쩍 울기 시작했다.

그때 그는 자신이 아내를 얼마나 사랑하는지, 그리고 자신이 그녀의 삶을 지배하는 원칙들에 대해 얼마나 무지한지를 깨달았다. 런던의 새벽에 문을 두드리는 그녀는 그가 전혀 모르는 피조물인 것 같았다. 두 사람이 서로의 품에서 잠든 지 몇 년이 지난 뒤였는데도, 지금 르네를 향한 그의 감정은 혼란스럽고 깊었다. 그래서 그녀가 울기 시작했을 때 그는 그녀를 품에 안았다. 물론 닫힌 문 때문에 그녀를 위로하려던 것이 아니라, 아서를 비롯해서 그녀가 인생에서 맛본 모든 실망을 위로하고 싶어서였다. 그녀는 그의 어깨에 기댄 채 조금 울더니 아파트 문을 잠그고 그와

* 독일어로 '출입금지'.

함께 택시에 올라 시내로 향했다. 택시 안에서 그는 그녀에게 키스했다. 그녀의 입술이 더할 나위 없이 부드러워서 평생 그 부드러움을 잊지 못할 것 같았다. 실제로도 그는 그 느낌을 결코 잊지 않았다. 그녀는 향수를 근무할 때보다 조금 강하게 뿌렸는데, 그는 그 향기가 마음에 들었다. 하지만 그가 가슴에 손을 대자 그녀가 부드럽게 밀어냈다. "오늘밤은 안 돼요. 나중에요." 그녀는 오십 몇 번가에 살고 있었다. 그는 그녀의 아파트 앞에서 키스로 작별인사를 한 뒤 언제 또 만날 수 있느냐고 물었다. "월요일 밤에 83번가 침례교회에 있을 거예요." 그녀가 말했다. "아홉시 십오분에서 아홉시 삼십분 사이에. 하지만 모임이 언제 끝날지는 아무도 몰라요."

다음날 시어스는 자신이 일을 맡긴 법률 사무소의 젊은 변호사(그가 만난 적이 없는 남자였다)에게서 편지를 받았다. 시어스가 비즐리 연못의 오염실태를 조사해달라고 부탁했던 변호사가 살해당했다고 알리는 편지였다. 그 변호사는 살해당하기 전에 재니스기획위원회가 연못을 매립지로 지정했으며, 장차 전쟁기념관이 들어설 자리로서 그 땅에 면세혜택을 부여했음을 밝혀냈다고 했다. 편지를 쓴 젊은 변호사는 시어스에게 만약 이 일을 계속 조사하고 싶다면 호러스 치숌이라는 환경운동가를 만나보라고 권고했다.

3

지금 내가 숨어 있는 개울가에서 자라는 박하 향기와 함께 이 이야기를 시작할 수 있었다면 좋을 텐데. 나는 라이플총을 들고 이곳에 숨어서 사기꾼을 죽이려고 기다리고 있다. 그는 송어 낚시를 하려고 이곳을 찾을 것이다. 내 눈에 보이는 하늘은 파란색이다. 박하 냄새가 아주 강하고, 물소리가 음악처럼 들린다. 사기꾼은 아주 잘생긴 젊은이인데 이곳에 사람이 자기뿐인 줄 알고 있다. 그는 제물낚시로 송어를 낚으면서 행운을 음미하는 것처럼 보인다. 그는 노래를 부르며 낚싯대를 조립한 뒤 하늘과 주위의 나무들을 살피며 이곳의 자연스러운 풍경을 다시 확인한다. 자신이 곧 이곳에서 쫓겨나리라는 사실을 전혀 모른 채로. 나는 장전된 라이플총을 어깨에 대고 조준경으로 그의 심장을 겨냥한다. 박하 냄새가 이 일 또는 다른 모든 살인의 정당성에 심각한 도전을 제기한다…… 그래, 살라조의 늙은 개 버스터의 죽음보다는 차라리 그런 일에 신경을 쓰고 싶지만 내가 이 글을 쓰고 있는 지금은 수질이 그 무엇보다 중요한 관심의 대상, 왕조들보다도 더 중요한 문제이며, 살라조 가문은 비즐리 연못의 수질 문제와 관련되어 있다.

새미 살라조는 마을에 있는 이발소 세 곳 중 한 곳을 운영했다. 그는 좋은 사람이자 훌륭한 이발사였지만, 좀처럼 먹고살 만한 수입을 거두지 못하는 것 같았다. 그는 예전에 홍역이 만연하는 바람에 메트로폴리탄 텔레비전에서 언급된 적이 있는 히칭포스트 레인의 작은 집에 살았다. 그 동네에서는 뒤뜰에 바비큐 화로 같은 것이 있으면 그 집에 사람이 살고 있다는 뜻이었다. 그러다 화로가 사라지면 그 집 가족들이 떠나고 집이 매물로 나왔다는 의미였다. 그곳에 서 있는 집들의 모양은 모두 행복한 축하카드에서 나온 것 같았다. 즉, 귀향에 집착하는 망명자나 난민들이 만든 집 같았다는 뜻이다. 정말 국제적이고 다양한 집들이 모여 있었다. 영국 튜더 양식, 스페인 양식 등등. 그들은 멀지 않은 과거에 대한 향수 또는 미래의 효율성과 단순한 미를 표현했지만, 그들 모두에게서 강력히 느껴지는 것은 끝과 귀향의 분위기였다. 인위적이거나 천박해 보이는 부분들은 무엇이든 고요한 은퇴생활을 상징한다는 말로 정당화되었다.

그날은 겨울 끝자락의 운수 나쁜 날이었다. 아무도 이발소 근처에 오지 않았다. 유일하게 찾아온 집배원은 청구서만 배달해 주었다. 샘은 다섯시에 가게를 닫고 집으로 향하면서 휘발유를 절약하기 위해 비탈길을 관성의 힘으로 내려갔다. 나는 그가 돌아간 집, 그의 아내와 두 딸이 텔레비전으로 보고 있던 게임쇼의 우둔함을 묘사하기가 진심으로 내키지 않는다. 바퀴를 돌려서 게임을 진행한 뒤 우승자에게 여러 가지 상품, 여행티켓, 현금 등을 주는 프로그램이었는데, 상품을 주는 방식이 몹시 시끄럽고 과시적으로 진행되었다. 늙은 개 버스터가 그를 맞이했다. "저녁식사는?" 새미가 물었다. 텔레비전 소리 때문에 고함을 질러야 했다.

"저녁식사는 없어." 아내가 말했다. "집에 먹을 거라고는 개밥밖에 없다고."

"먹을 걸 사라고 돈을 주잖아." 새미가 소리쳤다. "그 돈은 어쩌고? 길거리에 그냥 던져버리기라도 해?"

"당신이 주는 돈으로는 개밥밖에 못 사." 아내가 소리쳤다.

"좋아. 우리가 굶는다면 버스터도 굶는 거야." 새미가 소리쳤다. "당신의 그 멍청한 머리에 이 사실을 알려주기 위해서 버스터를 쏘아 죽여야 한다면 그렇게 해야지." 아내와 딸들은 그의 말을 믿지 않았는지 아니면 텔레비전에 너무 빠져 있었는지 아무런 관심도 보이지 않았다.

그는 라이플총을 조립해서 장전했다. 그러고는 거실로 들어가서 텔레비전을 껐다. "다들 똑똑히 봐." 그가 말했다. "인생이 얼마나 녹록지 않은지 잘 느껴보라고. 내가 가게를 갖고 있기 때문에 우린 영세민 혜택을 받을 수 없어. 하지만 어떻게든 희생을 할 필요가 있으니, 버스터를 가장 먼저 희생물로 삼는 거야."

아이들 둘이 모두 울기 시작했다. "안 돼요, 안 돼요, 아빠. 안 돼요, 안 돼요." 세월이 흐른 뒤 두 딸은 알몸으로 낯선 사람들의 품에 누워서 마치 사랑을 선언하듯이 친밀한 태도로 이렇게 말하곤 했다. "아빠가 개를 쏘아 죽인 이야기를 내가 해줬던가?" 하지만 지금 두 사람은 아직 아이들이었으므로 누구라도 당혹시킬 만큼 기괴한 광경과 어른의 세계 앞에서 당황하고 있었다. 우리는 개의 지능에 관해 아는 것이 거의 없고, 개들이 영원에 대해 어떤 개념을 갖고 있는지는 전혀 모른다. 하지만 버스터는 자신이 해야 하는 역할을 이해하고, 설사 자기 목숨을 바치는 한이 있더라도 이 가족을 위해 쓸모 있는 역할을 할 기회가 생긴 것을 반가워하는 듯했다. 아이들은 비명을 질러댔다. 절절하게 흐느끼는 마리아에게 인생은 길을 밝혀주는 등불이라고는 전혀 없는 혼돈 같았다. 새미는 늙은 개를 뒤뜰로 데리고 나가서 화로 오른

쪽으로 조금 떨어진 곳에 앉으라고 말했다. 그러고는 몇 미터 뒤로 물러나서 녀석의 심장을 정통으로 쏘았다.

마리아는 이 광경을 보자마자 전화기로 달려가서 샘의 삼촌 루이지에게 전화를 걸어 만나서 할 이야기가 있다고 말했다. 샘의 집안은 남부 나폴리 출신으로, 신세계로 이민을 오면서 가족 간의 유대가 더욱 돈독해져 있었다. 루이지는 옛날 우편수송철도 지선에서 집안사람들과 함께 식당을 경영했다. 네 자릿수 주간고속도로와 이어진 길이었다. 마리아는 루이지에게 만나자고 청하는 대신, 자신이 그쪽으로 가고 있다고 간단히 말했다.

루이지의 식당은 이 대륙에 우리가 정착한 역사가 얼마나 짧은지, 아직도 이곳에서 이방인이나 다름없는 사람들이 우리 중에 얼마나 많은지를 새삼 깨닫게 해주는 이탈리아 식당이었다. 이탈리아 남부의 흔적, 즉 아치형 통로와 석조건축양식이 있었지만, 아치형 통로는 아무 생각 없이 낯선 땅에 옮겨 심은 식물처럼 그 옛날의 유용함과 아름다움을 일부 잃어버리고 새로운 특징을 갖게 된 것 같았다. 이 식당은 집안의 한 방계에서 다른 방계로 넘어갈 때마다 이름과 대표 메뉴가 바뀌었다. 전에 이곳은 에밀리오 식당이기도 했고, 조반니 식당이기도 했다. 가슴을 드러낸 무용수들과 흑인 가수들이 이곳에서 활동한 적도 있고, 심지어 중국요리를 한다고 광고하던 시절도 있었다. 그날 밤 마리아가 식당에 들어서자 더러운 턱시도 차림의 낯선 남자가 무슨 일로 왔느냐고 물었다. 그녀는 루이지를 만나러 왔다고 말했지만, 남자는 루이지가 없다고 대답했다. 마리아가 남자를 밀치고 들어가 바 뒤의 문을 열자 루이지가 텔레비전 뉴스를 보고 있었다.

"아, 루, 루." 그녀가 울면서 말했다. "내가 이탈리아인이 아니라서 식구들 모두 내 요리를 형편없다고 생각하는 건 알아요. 식구들 대부분이 날 이방인 취급하는 것도 알고요. 하지만 이번에는 숙부님이 좀 도와주세요. 이십 분쯤 전에 남편이 개를 뒤뜰로 데리고 나가서 남들이 훤히 볼 수 있는 데서 총으로 쏘아 죽였어요. 순전히 우리한테 돈이 없기 때문이에요. 돈이 많이 필요한 것도 아닌데. 정말 많이 필요하지 않아요. 남편한테는 가족 외에 아무도 없어요. 심지어 자원 소방대에도 들어가지 않으려고 하는 사람이니까요. 저는 패스트푸드점에서 일하기에는 나이가 너무 많고, 바느질 속도가 느려서 랜스빌의 저임금 공장에서 일할 수도 없어요. 숙부님이 좀 도와주세요."

"샘이 아픈 건 아니고?"

"네, 아프지 않아요. 심지어 머리도 멀쩡해요. 그저 죽어라 걱정하고 있을 뿐이에요."

"비즐리 연못이라는 곳 근처에 살지?" 루이지가 물었다.

"네, 히칭포스트 레인이요. 연못에서 800미터쯤 떨어진 곳이에요."

"샘한테 내일 오후에 이리로 오라고 해."

살라조 조직은 가족과 전통을 중심으로 엄격하게 돌아갔다. 지중해 지역이 파산하기 전에 그들은 이탈리아 남부의 바닷가에서 살았지만, 해적을 제외하고는 바닷사람의 특징이 전혀 없었다. 그렇다고 산악지방 사람들을 닮은 것도 아니었다. 기껏해야 아주 가난하게 살던 사람들 같다는 말을 할 수 있을 뿐이었다. 이 가문에서 출세한 사람들은 결혼식에 주지사를 초청했고, 백악관에서 식사를 한 사람도 두 명 있었다. 샘은 주로 신문을 통해서 살라조 가문의 이런 사람들 소식을 파악했다. 그는 살라조 가문의 프롤레타리아 층을 형성하는 수많은 이발사, 주유원, 석수장이 중 한 명이었다. 그가 개를 쏘아 죽이던 그날 밤까지는 그랬다. 그다음날 밤 커다란 검은색 자동차가 그의 집 앞에 멈추더니 젊은 청년(가문의 일원은 아니었다)이 샘에게 비즐리 연못의 공평한 사용을 위한 주지사위원회의 부회장 자리를 제의했다. 청년이 제안한 임금은 이발소에 손님이 많은 날 벌 수 있는 돈의 세 배였다. 하지만 샘은 어떤 식으로든 과시하는 행동, 예를 들면 자동차를 새로 사는 일 같은 것을 피해야 했다. 대신 조직이 저금을 투자해서 이윤을 올릴 수 있게 그를 도와줄 터였다.

그 대가로 그가 해야 하는 일은 비즐리 연못에 쓰레기를 매립하는 사람들에게서 현금으로 사용료를 징수하는 것뿐이었다.

사흘 뒤 샘은 이발소 창문에 '임대' 표시를 내걸고 아침 일곱시에 비즐리 연못으로 나갔다. 차축이 다섯 개에 바퀴가 열여덟 개나 되는 대형 덤프트럭 한 대가 기다리고 있었다. 트럭 한 대 분량의 쓰레기 매립 요금은 80달러였는데, 첫날 샘은 거의 6천 달러를 거둬들였다. 그는 쓰레기 매립 현황을 장부에 기록했고, 현금을 넣어둘 가죽가방은 이미 지급받았다. 그는 꼼꼼하고 정직하게 일해야 한다는 것을 알 만큼 분별 있는 사람이었으므로 돈을 횡령할 생각이 전혀 없었다. 남부 이탈리아인들이 살인자라는 평판은 사실 대단히 과장된 것이었다. 매일 저녁 일곱시 꽤 정확한 시각에 남자 두 명이 커다란 검은색 자동차를 그의 집으로 몰고 와서 그가 징수한 현금을 가져갔다.

그 두 남자는 딱히 불길한 사람들은 아니었다. 둘 중에 나이가 많은 쪽은 비가 내릴 때도 적도 인근의 이글거리는 햇빛을 감내하는 사람처럼 항상 모자를 이마 위로 기울여 쓰는 작고 나이 많은 이탈리아 사람이었다. 그런 노인들은 항상 이탈리아 영토 대부분에 자리잡고 있는 산들을 오르듯이 걸을 때 무릎을 높이 들어올린다. 젊은 쪽은 콧수염을 길렀으며, 방긋방긋 잘도 웃었다. 두 사람 모두 포도주와 커피를 거절했으며, 앉으라는 권유도 거절했다. 그리고 금요일에 샘에게 임금을 지급했다. 전에 한 번도 벌어보지 못한 큰돈이었다. 비록 그는 인색한 사람이 아니었지만, 마리아에게는 이 돈을 조금씩 나눠서 주었다.

샘의 가족들을 제외하고 버스터 살해를 목격한 유일한 인물은 옆집에 사는 벳시 로건이었다. 그녀는 어린 두 아이를 기르는 젊은 여성이었고, 남편은 우체국에서 일했다. 살라조 일가와 로건 일가는 사이좋은 이웃이 아니었다. 아마도 살라조의 딸들이 벳시 로건의 아들들과 놀기에는 나이가 많기 때문이었을 것이다. 버스터는 두 집을 이어주는 유일한 존재였다. 녀석이 남은 음식을 먹으려고 로건의 집으로 건너오곤 했기 때문이다. 벳시는 샘이 그 늙은 개를 살해하는 장면을 목격했을 때, 그에게 증오와 경멸만을 느꼈다. 그러다가 이발소 창문에 '임대' 문구가 내걸린 것을 알아차렸고, 낯선 남자들이 매일 저물녘에 그 집을 찾아오는 광경을 부엌 창문으로 보았다. 샘은 연못에 버려진 쓰레기에서 망가졌지만 속이 아주 빵빵한 의자 하나를 주워 와 거기에 앉아 요금을 받았다. 벳시는 주간고속도로를 타고 바이브라이트로 가는 길에 샘이 그 의자에 앉아 쉬고 있는 것을 본 적이 있었다. 그는 비즐리 연못의 죽음을 감독하고 있는 듯 보였지만, 벳시의 머릿속에는 언제나 늙고 다정했던 개의 살해자로 남을 터였다.

4

그뒤 한 달여 동안 시어스는 그녀가 금요일 밤에 회계학 강의를 듣는 사회연구뉴스쿨 인근은 물론 수많은 교구회관, 교회 지하실에도 아주 친숙해졌다. 그는 기질상 여성의 역할에 대해 때로는 시대에 뒤떨어진 것처럼 보이기도 하는, 전통적인 관념을 지닌 전통적인 사람이었지만, 도저히 면전에서 이의를 제기할 수 없게 만드는 그녀의 미모가 적어도 그의 앞에서는 그녀의 자리를 단단하게 지켜주는 것 같았다. 아름다운 여자가 숫자를 공부한다는 것이 그에게는 유쾌하게 보였다. 그리고 그녀와 함께 회계학 수업을 듣는 사람들은 겉으로 보기에 성실하고 상냥해서 한눈에 호감이 갔다. 하지만 그녀가 일주일에 세 번씩 저녁에 참석하는 다른 모임들은 참석자들 사이에 동질성이 심하게 부족했기 때문에 계속 마음에 걸렸다. 언제 보아도 그들은 서구세계의 어느 공원에서 휴일 저녁을 보내다가 심한 뇌우 때문에 이리저리 흩어진 사람들 같았다.

관리인은 이 모임들의 목적이 금욕, 절식, 금주, 금연 등이라고 그에게 말해주었다. 시어스도 육체의 집요한 욕구로 인해 당황한 적이 많았지만, 바람이 숭숭 들어오는 교구회관에서 그런 욕구를 진정시킬 수 있을 것 같지는 않았다. 그는 담배를 피운 적이 없고, 몸무게는 항상 일정했으며, 술을 몹시 즐겼다. 말했듯이 그녀의 미모가 발휘하는 힘(하지만 그녀의 태도가 워낙 친근해서 미인이라는 생각은 들지 않았다) 덕분에 그녀가 이 이상한 무리와 어울리는 것도 조금은 기분좋게 받아들일 수 있었다. 그녀는 헤어질 때 그의 키스를 허락해주었고, 그는 그녀의 부드러운 입술과 향기로운 젖가슴을 얻기 위해서라면 망할 갱도 안에서 그녀를 기다리라 해도 그렇게 할 터였다. 그녀는 여자치고 시간을 잘 지키는 편이었다. 그런데 시어스는 약속 시간을 잘 지키는 것이 성적인 자발성을 측정할 수 있게 해주는 확실한 척도라고 믿는 사람이었다. 그가 지금까지 관찰한 바에 따르면, 저녁 약속에 늦는 여자들은 성적인 황홀경에 빠질 때도 언제나 무의식적으로 시간을 지체했다. 반면 점심 약속이나 저녁 약속에 일찍 나오는 여자들은 때로 집으로 돌아가는 택시 안에서 절정에

오를 정도였다.

르네는 자신이 참석하는 모임들이 끝나는 시간을 당연히 조절할 수 없었지만, 시어스는 교구회관이나 교회 지하실에서 그녀를 기다리며 오직 기쁨을 느낄 뿐이었다. 그녀가 어울리는 무리들을 지켜보는 것이 이제는 그에게 흥미로운 일이 되었다. 그들이 그녀의 지인이라는 점 때문이기도 하고, 그가 그들을 지켜볼 수밖에 없는 처지이기 때문이기도 하고, 그들이 그의 상식에 당황스러운 도전장을 던지기 때문이기도 했다. 소속된 클럽, 사교계 인명록, 직업 등 사람을 고르는 전통적인 기준들이 이제는 시대에 뒤떨어졌다는 것을 그도 알고 있었지만 그가 세상을 이해하고 즐기는 데에는 계급을 암시하는 흔적들이 반드시 필요한 것 같았다. 그런데 르네가 어울리는 사람들은 조직화된 세계에 전혀 속하지 않을 뿐만 아니라, 그런 가능성 자체를 뒤엎어버리는 듯 보였다. 그들은 진정한 사회의 단면도였고, 그는 그런 단면도를 혐오했다.

하지만 금욕, 절제, 무형의 도덕적 가치를 바탕에 깔고 있는 모임의 구성원들에게서 어떻게 동질성을 기대할 수 있을까? 영혼의 세계는 계급체계와 아무런 관련이 없어 보였다. 적어도 서구세계에서는 그러했다. 초기 기독교는 아주 많은 사람들을 아울렀다. 따라서 기질적으로 다양한 불만을 품고 있다고 볼 수 있는 세대에 속한 시어스는 더 나은 삶을 위해 노력하는 사람들을 깔보고 무시할 수 없었다. 옛날이 더 좋았다는 말은 그가 속한 과거의 후렴구였다. 그의 연장자들, 지인들이 부르던 노래. 대학에서 토인비와 슈펭글러가 그런 노래를 부르는 것을 들은 적도 있었다. 옛날이 더 좋았다, 세상은 점점 나빠게 변해간다, 서구 세계에 점점 길게 그림자를 드리우고 있는 도덕과 지성의 어둠을 돌이킬 길이 없다. 스스로 가을의 황혼을 만들어내고 그런 세상에서 살아가는 것은 얼마나 지루한 일이었을까! 그는 르네가 어울리는 이 기묘한 사람들도 자신의 생각에 동의할 것 같았다. 하지만 그들과 어울리기 위해 자신의 태도와 겉치레를 버릴 생각은 꿈에도 없었다.

그녀는 항상 그의 곁에 있었다. 그녀의 경쾌함과 민첩함이 그의 나이를 기분좋게 보완해주었다. 그녀는 그와 함께 저녁식사를 하며 우스갯소리를 주고받았고, 자기 집 앞 길가에서 그와 헤어질 때 입맞춤을 해주었다. 그런데 어느 날 저녁 그녀가 전화를 걸어 그를 초대했다. 교회 지하실이 아니라 자신의 아파트로. "귀찮게 예약하실 필요 없어요. 내가 여기서 저녁식사를 요리할게요." 그녀가 말했다.

비가 내리는 밤이었다. 사랑에 대한 자신의 한정된 지식과 빗소리를 결합시키는 것은 전혀 시어스답지 않은 일이었지만, 그

둘 사이에는 정말로 약간의 관련성이 존재했다. 음악 같은 빗소리를 듣다보니, 그가 사랑에 대해 알고 있는 모든 지식이 눈앞에 드러난 것 같았다. 가볍게 내리는 비, 굵은 비, 폭우, 홍수가 그의 기억 속에서 사랑과 결합한 듯했다. 그날 저녁 아주 세심하게 몸을 씻고 옷을 차려입을 때는 그런 생각이 들지 않았는데. 비는 농사에 중요하므로 풍요 또한 관련되어 있다고 할 수 있다. 윤택함도 사랑의 한 측면이니까. 어둠은 어느 정도 비에 속하고, 또한 어느 정도 사랑에 속한다. 그는 지금까지 헤아릴 수 없이 많은 침대에서 지붕을 때리는 빗소리, 어긋난 홈통에 빗방울이 똑똑 떨어지는 소리, 밭과 정원과 지붕과 여러 도시의 뒷마당에 비가 내리는 소리를 들으며 자신이 받았던 축복을 헤아렸다. 그는 그날 밤 빗속에서 시내를 걸었다.

내가 이 글을 쓰던 시기에 그가 친숙하게 알고 있는 세계의 모든 도시에서는 조깅이 크게 유행하고 있었다. 하루가 끝나갈 무렵 로테르담이나 모스크바, 겨울에 가끔 눈부신 저녁놀을 볼 수 있는 뉴욕, 일찍 눈이 내린 코펜하겐에서 나이를 막론하고 다양한 사람들이 달리기를 즐기러 나가는 모습을 볼 수 있었다. 이렇게 몸을 움직여서 받는 보상이라고 해봤자 아무 가치도 없는 작은 트로피가 고작이었다. 물론 달리기도 상업화되었지만 그것은 나중의 일이었고, 당시에는 사람들이 힘들여 하는 일이지만 은행과는 눈곱만큼도 관련이 없는 극소수의 일 중 하나였다. 어느 날 저녁 암스테르담 또는 레닌그라드(시어스는 어느 도시인지 정확히 기억나지 않았지만 그가 언어를 조금 알고 있는 도시임은 분명했다)에서 시어스는 달리기를 하던 사람들 열 명 남짓을 멈춰 세우고 왜 달리느냐고 물어보았다. 그들은 이렇게 대답했다. "나의 자아를 찾기 위해 달립니다. 살을 빼려고 달립니다. 사랑에 빠졌기 때문에 달립니다. 빚을 잊어버리려고 달립니다. 지난 삼 주 동안 거시기가 빳빳해서 좀 식히려고 달립니다. 장모 또는 시어머니에게서 벗어나려고 달립니다. 하느님의 영광을 위해서 달립니다." 그는 이 모든 대답을 이해하고 만족했다. 그래서 이제는 부쿠레슈티나 디모인에서, 베네치아나 캘거리에서 저물녘에 달리는 사람들을 볼 때마다 그들이 세상의 소금처럼 보였다. 자신을 갈고 닦으려는 인간의 결심과 의지를 확실하고 고집스럽게 보여주는 증거 같았다. 그 비 오는 밤에 시내를 걸을 때도 달리기를 하는 많은 사람들이 그의 옆을 스쳐지나갔다.

그녀는 실내용 가운 차림으로 문간에서 그를 맞이했다. 추레한 파란색 가운이었다. 그는 순식간에 알몸이 되었다. "당신 정말 단단했어요." 얼마 뒤에 그녀가 다정하게 말했다. "당신은 채소를 태웠지." 그가 말했다. "당신이 로비에서 전화를 걸었을 때 요리하던 걸 전부 레인지 뒤편에 놓았어요." 그녀가 말했다. 그는 그곳에서 밤을 보내고 아홉시쯤 떠났다. 우리가 평소와는 다른 모습을 하고 있을 때 엘리베이터맨이나 수위 등 건물을 관리하는 모든 사람들은 그 모습을 인정하거나 아니면 놀라는 방식으로 중요한 역할을 한다. 그날 르네가 사는 아파트에서 엘리베이터맨은 시어스의 모습을 보고 놀라서 당황한 것 같았다. 그러더니 곧 걱정스러운 표정을 지었다. 시어스 때문에 걱정스럽다는 듯이. 그는 시어스에게 택시를 잡아주겠다고 말했지만 시어스는 고맙다는 말과 함께 사양했다. 그는 자신이 이미 이곳의 일원이 되었다고 생각했기 때문에, 이 건물에서는 크리스마스 때 팁을 어떻게 주는지 모르겠다고 고민했다. 아직 부활절 전인데도.

아, 바람과 비! 재니스에서 샘이 개를 쏘아 죽인 뒤 마리아 살라조는 바이브라이트에 갔다가 돈이 조금 남자 풍경을 샀다.

벳시는 초봄의 어느 날 밤 저녁식사를 하다가 처음으로 풍경 소리를 들었다. 샘이 집 뒤편 포치* 천장에 풍경을 매달아놓았는데, 그곳이 로건의 집 부엌과 아주 가까웠던 것이다. 그래서 벳시가 창문을 닫아도 풍경 소리가 음악처럼 들려왔다. 그날 밤에는 그 소리가 그녀의 잠을 깨웠다. 새벽 세시였는데, 그녀는 다시 잠들지 못했다. 그녀 자신은 결코 신경쓰고 싶지 않은데도 풍

---

* 지붕이 얹혀 있고 벽이 둘러진 현관.

경이 그녀에게 말을 거는 것 같았다. 그녀는 자신을 탓했다. 살라조 일가가 개를 죽인 것도 싫었지만, 그밖에 저 풍경을 포함해서 그들의 모든 것이 싫었다. 그러니 동이 틀 때까지 다시 잠들지 못한 것은 그녀의 잘못이었다. 그런데 자명종 소리에 잠에서 깨자마자 풍경 소리가 또 들렸다.

벳시는 스칸디나비아 램프 공장에서 시간제 사무원으로 근무했다. 그날 퇴근하고 돌아와서 빙시를 돌봐주던 할머니에게 수고비를 주고 나니 또 풍경 소리가 들렸다. 그래서 창문을 닫았는데도 계속 그 소리가 들리는 것 같아서 그녀는 2층으로 올라가 살라조네 집 쪽으로 난 창문을 모두 닫았다. 예년에 비해 따뜻한 저녁이었다. 퇴근해서 돌아온 남편 헨리는 그녀에게 입을 맞춘 뒤 왜 창문을 모조리 닫아놓았느냐고 물었다. "살라조네 풍경 때문에 미치겠어." 벳시가 말했다. "내가 신경증 환자처럼 구는 건지 몰라도 저기서 나는 소리가 정말 싫어." "그럼 그 소리가 들리지 않게 내가 텔레비전을 틀어주지." 헨리가 말했다. 하지만 열한시쯤 그가 텔레비전을 끄고 그녀와 함께 잠자리에 들었을 때, 풍경 소리가 또 들려왔다. 풍경은 그녀가 알아듣지 못하는 언어로 멍청한 이야기를 계속 늘어놓고 있었다. 살라조네 식구들은 그녀와 헨리보다 훨씬 덜 세련되고 감수성도 둔한 것 같았다. 벳시는 그들이 둔감하기 때문에 자기네 집에서 나는 풍경 소리를 포함해서 주위의 모든 소리에 무관심한 모양이라고 생각했다. 어쨌든 그녀는 또 새벽 세시에 풍경 소리 때문에 깨어나서 동이 틀 때까지 거의 잠을 이루지 못했다. 풍경 소리의 어떤 점이 그렇게 거슬리는지는 알 수 없었지만, 어쨌든 그랬다. 다음날 밤 그녀는 집에 돌아와 신발을 벗은 뒤 친구 리즈 홀랜드에게 전화를 걸어 고민을 이야기했다.

"그 집에 가서 그걸 내려달라고 해." 리즈가 말했다. "그 소리 때문에 미치겠다고 말하면 되지. 아니면 먼저 그 집 여자한테 그 소리를 들어보라고, 거슬리지 않느냐고 정중하게 물어보든가. 그렇게 해봐."

일 년 중 이맘때 살라조네 식구들은 출근할 때 외에는 집밖으로 나오는 법이 거의 없었다. 날이 너무 추워서 새로 구입한 공기 주입식 수영장에 물을 채울 수도 없었고, 깎을 잔디도 없었다. 벳시는 전화로 그런 이야기를 하고 싶지 않았다. 그런데 마침 다음날 저녁, 냉동채소 포장지를 벗기다가 마리아 살라조가 쓰레기통을 들고 뒤쪽 계단을 내려오는 것이 보였다. 벳시는 밖으로 뛰어나가 마당을 가로질렀다. "오늘 날씨 좋았죠?" 그녀가 물었다.

"그거야 무슨 일을 했는가에 따라 다르겠죠." 마리아는 이렇게 말하고는 쓰레기통을 수거함에 쾅 하고 부딪쳤다. 벳시는 마리아가 때로 술을 아주 많이 마신다는 이야기를 들은 적이 있었다. 지금 술에 취한 것이 아니어야 할 텐데. "새로 풍경을 매달아 놓으셨던데요." 벳시가 말했다.

"바이브라이트에서 세일할 때 샀어요." 마리아가 말했다. "지금은 다 팔리고 없을걸요. 원하신다면 동양 예술품을 취급하는 친구한테 하나 구할 수 있느냐고 물어볼게요."

"아, 풍경을 사려는 게 아니에요." 벳시가 말했다. "댁에서도 풍경 소리가 크게 들리는지 궁금해서요."

"당연히 들리죠." 마리아가 대답했다. "내가 풍경을 왜 샀는데요?"

"그게, 사실 우리집에서 그 소리가 너무 잘 들리거든요." 벳시는 열심히 말을 고르고 있었다. 풍경 소리 때문에 잠을 잘 수 없다고 말한다면, 잠도 제대로 못 자는 약한 사람이라고 스스로 말하는 꼴이 될 것 같았다. "그러니까, 밤에는 그 소리를 끌 수 없나 해서요."

"머리가 어떻게 된 거 아니에요?" 마리아가 말했다. "내가 바람을 끌 수 있을 것 같아요?"

5

그뒤로 몇 주 동안 르네는 시어스의 선물들을 거부했다. 그녀는 그에게 스카프, 장갑, 커프스단추를 주었지만, 그가 그녀에게 보석 장신구를 주었을 때는 환불하게 했다. "당신은 여자에 대해 아무것도 몰라요." 그녀가 그에게 입을 맞추며 말했다. 시어스는 성욕으로 인해 많은 쾌락을 느꼈지만 약간의 당혹감과 고통스러운 의심도 품게 되었다. 자신의 성격이 도저히 양립할 수 없는 양극단을 오간다는 의심, 그리고 지킬 박사와 하이드 씨의 이야기가 바로 자신에게 딱 맞는 이야기라는 의심. 그는 그 이야기를 책으로 읽지 않고 영화로 보았다. 이해심 넘치는 르네의 태도, 택시와 복도에서 기꺼이 그를 받아들여주는 자세는 그가 일찍이 한 번도 경험해보지 못한 아름다움이었다. 두 사람은 말로 하지 않았지만 서로를 이해했다. 언젠가 그녀가 자신의 경험상 남성의 분비물이 피부 재생에 가장 효과가 뛰어난 크림이라고 어깨 너머로 돌아보며 말한 적이 있었다. 하지만 그는 이 말을 듣자마자 잊어버렸다. 육체적 욕망이 사람의 건강에 미치는 효과는 그가 원하는 것이 아니었기 때문이다. 그의 집요함과 젊음에 관한 그녀의 깊은 관심은 분명히 존재하는 현실이었지만, 그는 그 현실을 금방 마음에서 지워버렸다. 사랑에 유용한 패러다임을 구축하는 데에는, 우리가 서로에게서 얻는 쾌락과는 상관없는 다양한 유기적 욕구가 존재하기 때문이다. 두 사람은 모두 상대가 원하는 것을 갖고 있었다.

그의 오랜 경험상 그녀는 겉으로 드러난 모습이 항상 어질러져 있는 여자였다. 오렌지를 사두는 걸 항상 깜박 잊어버리는 여자. 그래서 그녀를 품에 안고 함께 잠든 남자는 아침에 잠에서 깨자마자 바지를 주워 입고 나가서 과일을 사와야 한다는 사실을 깨닫곤 했다. 그녀는 자신의 아파트에 들어서자마자 전등을 켜고 레코드를 트는 여자였다. 그가 처음 그녀의 아파트에 들어갔을 때도 음악이 흐르고 있었고, 그가 그곳을 떠나고 한참이 지나 이미 잊힌 존재가 된 뒤에도 역시 음악은 흐르고 있었다. 그는 침묵, 곧 음악의 부재를 어둠만큼 수상쩍게 생각하는 사람들이 있다는 사실을 경험으로 알고 있었다. 그것은 단백질이나 설

탕처럼 몸이 진심으로 원하는 물질 같았으나, 그의 경우 지속적으로 흐르는 음악은 그가 한 번도 만난 적이 없는 문제를 야기했다. 어느 날 밤 낭만적인 피아노협주곡을 틀어놓고 사랑을 나눌 때, 그 곡의 말미에 화산처럼 폭발하는 가짜 절정, 타악기를 두드리는 듯한 절정이 길게 이어진 것이 문제였다. 피아니스트는 마지막 절정에 오르는 듯하다가도 다시 아래로 떨어져 낮은 음역으로 돌아와서 다시 위로 올라가기 시작했다. 시어스와 마찬가지였다. 결국 르네가 아주 부드럽게 물었다. "이러다 끝이 나긴 하는 거예요?" "저 피아니스트가 끝내면." 시어스는 이렇게 대답했다. 이 말은 진심이었기 때문에, 두 사람은 동시에 공연을 끝냈다. 그녀가 과연 그를 이해했는지는 결코 알 수 없었다.

누가 그녀에 대해 묻는다면 그는 영리한 여자라고 했겠지만, 가끔 그녀에게 놀라거나 실망할 때도 있었다. 그녀는 방사능에 대해 아는 것이 하나도 없었다. 어느 날 저녁 이사회 회의 때문에 몹시 지쳐서 돌아온 그는 자신이 그렇게 지친 이유를 설명하려고 했지만 그녀는 아무것도 알아듣지 못하고 지루해하는 것 같았다. 그는 아주 쉽게 풀어서 설명했다고 생각했는데도. 그의 회사를 소유한 대기업이 그날 오후, 매출이 자사의 세 배나 되는 항공사를 사들였다. 그는 모름지기 대기업은 결코 지나치게 한 곳에 집중하려 들면 안 된다고 설명했다. 당신도 잘 알다시피 종류를 막론하고 전문화는 상당히 위험한 일이 될 수 있잖소. 핵에 얽힌 이해관계를 생각해봐요. 우라늄 채굴비용이 1파운드당 10달러에서 거의 40달러까지 올랐는데, 우라늄 가격은 1파운드당 40달러에서 28달러에 조금 못 미치는 수준으로 하락했소. 우리 모기업이 사들인 항공사가 작년의 손실 2천만 달러를 만회하는 데는 정력적인 최고위 중역들만 있으면 돼요. 이 소식을 들으면서 휘파람을 분 그녀는 그의 회사가 3천7백만 달러의 손실을 기록했기 때문에 우위에 서 있다는 사실을 전혀 이해하지 못했다. 그렇다 해도 그는 누가 그녀에 대해 묻는다면 역시 영리한 여자라고 대답했을 것이다.

그녀의 언니인지 여동생인지가 찾아오는 바람에 그는 일주일 정도 르네를 만날 수 없었다. 그녀가 몹시 보고 싶었다. 육체적 결핍이 지독했다. 자매가 떠난 날 그녀는 점심때 만나자는 청을 수락하며 그에게 한시에 자기 아파트로 오라고 했다. 그는 그녀가 예전처럼 파란 가운 차림으로 자신을 맞을 것이라고 상상했다. 먼저 사랑을 나눈 뒤에 샌드위치를 주문해서 먹겠지. 그는 그 만남을 위해 옷을 차려입으면서 그녀가 마음에 든다고 말한 넥타이, 셔츠, 양복이 어떤 것인지 기억해내려고 애썼다. 하지만 그녀의 아파트에 들어선 뒤 일이 분 만에 알몸이 될 터이니 옷을 가지고 고민할 필요가 없다는 생각이 들었다. 그래서 그는 알몸이 되는 시간을 줄이기 위해 심지어 속옷도 입지 않기로 했다. 시어스가 성기를 바지 속으로 집어넣을 때 표정은 정말 볼 만하다.

시어스는 생각이 깊은 사람이었다. 뻔뻔하게 거만을 떨지도 않았다. 하지만 그는 권위와 아주 흡사한 어떤 것을 즐기는 듯했다. 그러니까, 지구상의 모든 남자가 반드시 갖고 있는 이 흔해빠진 기관이 자기만의 특별한 보물, 말하자면 베르사유조약에 서명함으로써 불가리아로부터 마케도니아를 빼앗고 그 나라의 에게 해 연안지방을 그리스에 주고, 발칸반도에 여러 나라를 새로 만들어 분쟁을 일으키고, 수많은 사람들이 고향을 등진 채 떠돌게 만들고, 폴란드에 발트 해로 이어진 통로를 주고, 미래의 불화와 전쟁의 씨앗을 뿌린 바로 그 펜이라도 되는 것처럼 생각하는 것 같았다. 시어스는 성기를 바지 속으로 집어넣으면서 자신이 역사를 주무른다고 생각하는 듯했다.

그날은 택시가 도무지 보이지 않았다. 그래서 그녀의 아파트까지 뛰어가다시피 했기 때문에 엘리베이터에 탔을 때는 숨을 가쁘게 몰아쉬고 있었다. "12B호." 그가 엘리베이터맨에게 말했다. 그가 이곳에서 처음으로 아침을 맞은 날 엘리베이터를 조종해서 그를 아래층까지 데려다준 바로 그 남자였다. 시어스의 눈에 그의 얼굴이 다소 순수해 보였으므로 곧바로 이어진 대화에 비열한 속내가 있다고는 생각할 수 없었다.

"그 아가씨의 아버님이십니까?" 엘리베이터맨이 물었다.

"아니오." 시어스가 말했다. 숨이 차서 말하기가 거의 불가능할 정도였다.

"그럼 할아버님이신가요?"

"삼촌이오." 시어스가 말했다.

"그럼 그 아가씨를 어렸을 때부터 잘 아셨겠군요." 엘리베이터맨이 물었다. "틀림없이 무지무지 예쁜 아이였겠죠? 지금도 아름답지만, 어렸을 때는 어땠을지 정말 궁금합니다."

시어스에게는 충격적인 말이었다. 정신이 멍해질 것 같은 충격. 그녀가 엉덩이를 흔들고 다니는 모습에서 이런 일을 예상했어야 하는 것을. 식당에서 그녀의 뒤를 따라 자리를 찾아갈 때도 에로틱한 경쟁이 일어나서 웨이터를 비롯한 모든 경쟁자들이 시어스를 노인으로 치부해버렸다. 시어스가 알몸이 되면 값비싼 손목시계 외에는 흥미를 끌 만한 것이 하나도 없을 테니까. 그는 이런 경쟁을 인식하고 있었지만 항상 자신이 승리자라고 생각했다. 그러므로 지금 받은 충격에 정신을 차릴 수 없었다.

문을 열어준 그녀는 낡은 파란색 가운 차림이 아니었다. 그에게 처음 아파트를 보여주던 날 입었던 정장에 장갑과 모자까지 갖춘 차림이었다. 얼굴에는 글을 읽을 때 쓰는 안경 위에 어두운 색 안경을 하나 더 쓰고 있었다. 멋내기용이거나 빛을 차단하는 용도일 터였다.

"아, 내 사랑." 그가 신음하듯 말했다.

"통보 드 쿠프랭에 예약해놨어요." 그녀가 말했다.

"그동안 얼마나 보고 싶었는지 모르오." 그가 말했다. "난 지금 너무 단단해서 음식을 먹을 수가 없어." 그가 바지의 버클을 풀자 바지가 무릎까지 흘러내렸다.

"미안하지만 난 당신을 도와줄 수 없어요." 그녀가 말했다.

"그런 식으로 말하지 마시오. 손님한테 상품이 단종되었다고 알려주는 백화점 직원처럼 굴지 말라고. 당신이 날 도와줄 수 있다는 걸 당신도 아주 잘 알지 않소."

"우리는 아무런 관계도 아니에요." 그녀가 말했다.

"내가 당신이랑 관계한 게 백 번은 돼." 그가 고함을 질렀다. "그런데 그게 아무것도 아니라면, 당신은 정말 부도덕한 사람이군. 난 오전 내내 파란 실내복을 입은 당신을 볼 수 있다는 희망을 품었는데, 당신은 이불 대신 옷을 완전히 걸치고 있어."

"나랑 점심을 먹을 건가요, 아닌가요?" 그녀가 말했다. "만약 당신이 지금 괴로워서 그렇게 하기 힘들다 해도 괜찮아요. 수많은 남자들이 대기하고 있으니까요."

"꽃을 좀 사오겠소." 그는 이렇게 말하고 나서 바지를 올려 버클을 잠갔다. "여기서 기다려요. 금방 올 테니."

그녀는 꽃을 정말 좋아해. 그는 속으로 생각했다. 꽃은 그녀에게 유혹적인 힘을 발휘했으므로, 꽃을 사다주면 너무나 그녀답지 않은 이 엄격한 태도가 확실히 풀어질 터였다. 그는 가장 가까운 꽃집으로 달려갔지만, 문이 닫혀 있었다. 그는 택시를 잡아타고 꽃집으로 가자고 말했다. 시간이 한참 걸려 마침내 꽃집을 찾아낸 그는 노란 장미 스물네 송이를 샀다. 노란색은 그녀의 색깔이었다. 그녀는 노란색을 좋아한다는 말을 자주 했다. 다시 그녀의 아파트로 돌아온 그는 한참 동안 초인종을 울렸다. 아마 삼십 분 정도. 그러고 나서야 그녀가 외출해버렸음을 인정했다.

이제 발칸의 영혼이 생겨난 것 같았다. 마을들이 불길에 휩싸이고, 곰들의 몸무게가 300킬로그램이 넘는 곳. 그는 자신이 아주 무기력하게 그곳으로 옮겨지고 있다는 생각이 들었다. 발칸에 여러 번 출장을 간 적이 있으므로 그곳이 아주 친숙했다. 시어스는 연말이 가까운 어느 월요일 아침을 생각했다. 아마도 11월쯤 되는 우울한 월요일. 눈이 내릴 것 같은 날씨인데 호텔방은 차갑게 식어 있었다. 더운물이 나오지 않아서 면도도 할 수 없었다. 아니 아예 물이 나오지 않았고, 어디서 물을 구할 방법도 없었다. 옷을 입고 밖으로 나갔더니 엘리베이터도 작동하지 않았다. 그는 낡고 악취 나는 계단으로 대여섯 층을 걸어내려가서 카페로 갔다. 그 안에 있는 사람이라고는 아주 더러운 제복을 입고, 독재정부가 선전을 목적으로 발간하기 때문에 사실과는 거리가 먼 신문 한 장으로 고무나무의 먼지를 닦고 있는 못생긴 웨이트리스뿐이었다. 신문은 날씨와 강수량을 포함한 모든 정보를 왜곡했다. 그가 커피(커피는 가장 국제적인 단어다)를 청하자 웨이트리스는 흉한 표정을 지었다. 그는 이 지역이 수백 년 동안 터키의 지배를 받으며 고난을 겪었기 때문에 1878년에 알렉산더 2세의 힘으로 해방된 뒤 아무도 이곳에서 커피를 보지 못했음을 생각해냈다.

그는 거리로 나갔다. 그 거리에는 4월 3일의 국민투표를 기념하는 이름이 붙어 있었다. 커피를 찾아 오른쪽으로 방향을 꺾어서 엘레아노르 마르코바 스트리트로 들어갔다. 그는 몰랐지만, 엘레아노르 마르코바는 40년대에 파시스트의 손에 희생된 인물이었다. 마코르바 스트리트는 해방 거리로 이어졌고, 이 길을 따라걷다 보니 자유 애비뉴, 프롤레타리아 대로, 승리 광장이 나왔다. 커피 냄새는 어디서도 맡을 수 없고, 미소 짓는 사람도 보이지 않았다. 아름다운 것은 전혀 없었다. 심지어 상대를 이해할 것처럼 생긴 얼굴도 없었다.

시어스는 생각이 개방적이고 사랑이 넘치는 사람들 밑에서 자랐다. 따라서 그렇게 쓸쓸한 산악도시가 그의 의식 속에 자리잡은 이유를 짐작하기 힘들었다. 그는 모든 종류의 적의가 진정 낯선 사람이었는데도, 그 순간에는 적의가 자신의 고향처럼 느껴졌다. 그는 부모님을 사랑하고 아꼈으며, 스승들과 친구들도 사랑했다. 그들 역시 그를 사랑했다. 심지어 군복무중에도 사랑이 그의 앞길을 밝혀주었다. 그런 그가 왜 한 번도 경험한 적 없는 적의에 이토록 쉽게 넘어가는가?

그는 비행기를 타고 자신의 발칸반도에 도착한 것 같았다. 커다란 비행기인데, 그는 일등석 손님이었다. 하지만 그가 도착한 공항은 자신이 탈 비행기가 언제 출발할지 아무도 모르는 곳이었다. 어쨌든 그가 아는 언어를 할 줄 아는 사람이 하나도 없었다. 그의 고통은 연인의 고통이라기보다 여행자의 고통에 더 가까웠다. 힘들게 짐가방을 찾아 헤매고, 세관원을 구워삶으려고 우스꽝스러운 시도를 하고, 공항 소변기 주위를 떠돌며 방랑하는 성병균들을 대학으로 보내고 싶다는 생각이 이제는 모두 버림받았다는 느낌과 점점 커지는 두려움에 한몫했다.

엘리베이터 문이 열렸다. 그녀가 아니었다. 엘리베이터맨이었다. 그는 사복에 모자를 쓰고 있었다. 그가 시어스에게 곧장 다가와서 그를 끌어안았다. 시어스는 그의 어깨에 머리를 기댔다. 이 낯선 남자의 포옹은 시어스가 새로이 찾아낸 고독의 영역을 이해하는 것 같았다. 시어스는 그 영역에 겁을 집어먹었다. 남자는 아름다운 것도 커피도 없고 못생긴 웨이트리스가 사실과는 거리가 먼 신문으로 고무나무 이파리를 닦는 그 산악도시에 대해 모르는 것이 없는 것 같았다. 그 순간 그 엘리베이터맨이 한 말에 시어스는 크게 놀랐다. "그날 아침부터 줄곧 선생님이 걱정스러웠습니다." 이 말에 이어진 그의 행동은 시어스에게 더욱더 큰 놀라움을 안겼다. 시어스는 자신의 성적인 충동을 『버크 귀족 연감』, 뉴욕 사교계 인명록, 초기 메트로폴리탄 클럽의 올곧음과 비슷한 것으로 연관시켜보려고 진심으로 노력했다. 이 세 곳에 속한 사람들이 정말로 특별하게 선택된 자들이 아니라는 사실은 그도 알고 있었지만, 그들에게는 확실히 선택된 자의 빛과 광휘가 있었다. 그가 무의식적으로 찬탄하는, 마치 모종의 직책에 서품되는 듯한 분위기. 그가 아직 이름을 알지 못하는 엘리베이터맨은 그를 데리고 아래층 로비 옆의 작은 방으로 가서 시어스의 옷을 벗기고 자신도 옷을 벗었다. 시어스가 그다음에 들른 곳은 당연히 정신과 의사의 상담실이었다.

6

벳시의 삶에서 즐거운 일 중 하나는 네 자릿수 주간고속도로에 있는 쇼핑몰 안의 대형 상점인 바이브라이트에 가는 것이었다. 그녀는 고무바퀴가 달린 멋진 카트를 밀면서 식료품, 채소, 고기, 생선, 빵, 케이크의 낙원을 걷는 것이 정말 좋았다. 매장 안에는 헨리와 사랑에 빠진 해에 춤을 출 때 나오던 음악이 흘렀다. 카트에 골라 담은 물건의 값을 치르고 나면 호놀룰루 같은 곳의 여행권이나 10만 달러의 경품 추첨에 참여할 수 있는 번호가 주어졌다. 벳시는 물물교환과 마케팅의 고대사에는 전혀 관심이 없었지만, 바이브라이트에서 내건 순수하고 단순한 경품은 그 옛날의 시장과 축제를 상기시키는 듯했다.

과거의 시장보다 고대의 요새들이 더 오랫동안 살아남아 공포와 호전성이 초기 인간사회의 주춧돌인 듯한 인상을 주는 것은 요새가 원래 난공불락의 건물로 지어진 탓이다. 하지만 실제로는 사람들이 생선과 바구니, 채소와 고기, 황금과 신부를 교환하기 위해 만났던 교차로들이야말로 인류가 처음으로 서로를 알고 의사소통을 하던 장소였다. 벳시가 바이브라이트에서 즐거움을 느끼는 데에는 그녀가 우리 문명의 가장 오래된 의식 중 하나에 참가하고 있다는 점 때문인지도 모른다.

그녀는 그날 오후 집에 아이들만 남겨두고 바이브라이트에 갔다. 효과 좋고, 마음에 들고, 값도 싼 물비누 한 통을 사기 위해서였다. 그 물비누의 이름은 플로틸러였다. 바이브라이트에 출입구는 한 곳뿐이었다. 비누가 진열된 통로는 입구에서 멀리 떨어져 있었으므로, 벳시는 그곳까지 가는 도중에 감자 한 봉지(할인 표시가 돼 있었다), 데리야키소스 한 병, 크래커 한 상자, 달걀 한 다스, 아가일 무늬 양말 한 켤레를 카트에 담았다. 신속 계산대를 이용할 생각이었으므로 품목이 열 가지를 넘지 않게 주의를 기울였다. 랜디는 똑똑하고 말 잘 듣는 아이였지만, 언제든 위급한 상황이 발생할 수 있었다. 어느 날 오후에 랜디가 바닐라 추출물을 먹고 취해서 성냥을 갖고 놀다가 발각됐던 것처럼.

벳시가 플로틸러를 찾는 동안 흐르던 음악이, 예를 들어 그녀가 예전에 춤추던 음악이나 춤의 즐거움을 일깨워주는 음악이었다면 거기에 신경을 썼을 것이다. 벳시는 배경음악에 더 익숙한 세대였다. 어디서든 음악 소리가 들려왔다. 전화를 걸고 상대가 받기를 기다리는 동안 수화기 속에서 음악이 흐를 때도 있었다. 어떤 의미에서는 바로 그 때문에 그녀가 음악에 무감각해졌다. 그녀는 그날 오전 바이브라이트 매장에 18세기의 가장 위대한 곡들이 흐르고 있다는 사실을 알아차리지 못할 수도 있었다.

그런 음악을 고른 사람은 어느 대주주의 조카였다. 그는 18세기 음악과 현대 쇼핑센터의 떠들썩함 사이에 재미있는 역설이 존재한다고 생각한 모양이었다. 영적인 면에서 그는 보잘것없고 연약한 젊은이였으며, 그가 그토록 즐겁게 생각했던 역설도 대략 한 달 뒤면 중단되고 잊힐 터였다. 물론 그런 역설은 존재하지 않는다. 브란덴부르크의 주도州都는 장터 마을이었으므로, 여름에 성당 문이 활짝 열려 있을 때면 식료품점 주인들과 여러 상인들도 틀림없이 훌륭한 협주곡들을 들을 수 있었을 것이다. 벳시는 우리의 귀족 개념에 그 어떤 것보다 많은 영향을 미쳤다고 할 수 있는 음악 속에서 신속 계산대를 향해 카트를 밀었다. 신속 계산대는 9번이었다.

마리아 살라조도 상점에 나와 있었다. 옛날에 그녀는 적어도 자신이 기억하는 한 구입한 물건의 가격을 모두 조사했으며, 쿠폰을 모아서 지출을 줄이려고 애썼지만 성공하지 못했다. 그래서 100달러 남짓한 돈을 들고 상점에 나오는 것은 그녀에게 새로운 경험이었다. 기분이 아주 들뜰 만큼 자유와 힘이 느껴졌다. 이 들뜬 기분 때문에 그녀는 카트에 식료품이 잔뜩 쌓여 있는데도 신속 계산대로 향했다. 벳시와 동시에 같은 곳을 향한 것이다. 풍경 문제로 두 사람 사이에 약간 감정이 남아 있었기 때문에 서로 말을 걸지 않았다. 막상막하의 상황이었지만 마리아가 돈을 두둑이 가져왔다는 생각 때문인지 오른편에서 벳시를 앞질러 지나갔다. 사람들이 저녁식사를 차리다 깜박 잊었던 물건들을 사러 오는 어스름 무렵이라 줄이 상당히 길었다. 맨 앞에는 고양이용 통조림 두 통을 고른 젊은 남자가 서 있었고, 그다음에는 감자칩 한 봉지, 치즈 한 상자, 사과주스 한 캔, 라스베이거스의 성생활에 관한 소설 한 권을 고른 흑인 남자였다. 그 뒤에는 오렌지 열 개 남짓을 봉지에 담은 여자, 그다음에는 일주일치 식료품을 골라 담은 마리아였다. 계산원은 너무 피곤했기 때문에 그녀를 다른 곳으로 보내지 않고 식료품들의 가격을 계산기로 찍기 시작했다.

벳시는 창문을 통해 가랑비가 내리는 것을 보았다. 아이들만 집에 두고 와서 걱정스러웠다. 계산원의 이름은 메이벨이었다. 그 이름이 적힌 커다란 핀을 꽂고 있었다. "메이벨." 벳시가 말했다. "이곳이 아홉 가지 품목만 고른 손님들을 위한 신속 계산대라고 이 부인에게 설명해줄래요?"

"이분이 글을 읽지 못하는 걸 제가 가르칠 수는 없어요." 메이벨이 말했다. 벳시 뒤에 서 있는 열두 명 남짓한 사람들이 마음에 든다는 반응을 보였다. "안 그래도 누가 한소리 해야겠다 싶었지." 어떤 흑인이 말했다.

"잘했어요. 부인, 잘했어요." 냉동식품을 든 노인이 말했다. "다른 사람들의 친절을 이용하는 사람은 도저히 못 봐주겠어요. 그런 건 파시즘이나 마찬가지야. 저 여자가 법을 어긴 건 아니죠. 그저 우리들이 너무 친절해서 잠자코 있을 뿐. 여기에 아홉 가지 품목이라는 팻말을 붙여둔 이유가 뭐겠소? 모든 사람이 이 상점을 더 효율적으로 이용할 수 있게 하려는 게지. 당신은 가게에서 물건을 훔치는 좀도둑과 같아요. 물건이 아니라 시간을 훔친다는 것이 다를 뿐. 이 가게의 물건이 아니라 우리의 시간을 훔치는 거요. 당신 같은 사람들 때문에 전쟁이 일어나는 거야."

"시끄러워요." 마리아가 말했다. "남의 일에 참견 마요!"

"우리의 일이니까 그렇죠." 벳시가 말했다. "여기 있는 모든 사람의 일이에요. 여기 팻말에 아홉 가지 품목 이하라고 적혀 있잖아요. 글을 읽을 줄 아는 사람이라면 누구나 알 수 있어요."

"그런 걸 누가 신경쓴다고." 마리아가 말했다.

"신경을 안 쓸 거면 이 팻말은 왜 붙였겠어요?"

"내가 가르쳐줄까요?" 마리아가 말했다. "당신 같은 말썽쟁이들이 남의 일에 간섭하라고 붙여놓은 팻말은 확실히 아니에요."

"여기 있는 모든 사람이 당사자라니까요." 벳시가 말했다. "이건 오른쪽 차선으로 운전하는 것과 같아요. 세상에는 기본적인 규칙이 몇 가지 있어요. 그걸 지키지 않으면 모든 일이 그냥 멈춰버린다고요. 나는 일주일치 식료품을 고른 사람 때문에 기다릴 필요 없이 신속 계산대를 통과할 수 있을 거라고 믿었기 때문에 집에 아이들만 두고 왔어요."

"잘했어요, 부인. 잘했어요." 줄 저 뒤편에 서 있는 남자가 외쳤다. "나도 동의해요."

"여기는 아홉 가지 이하의 품목을 고른 사람들을 위한 줄이에요." 벳시가 말했다. "나는 모든 사람이 꼭 규칙을 지키게 할 거예요." 그녀는 달걀 한 다스를 계산대에서 들어 마리아의 카트에 다시 넣으려고 했다. 그런데 마리아가 그녀의 손을 붙잡는 바람에 달걀이 바닥으로 떨어져 깨져버렸다.

"내 물건에 손대지 마." 마리아가 소리쳤다. "내 물건에 손대면 경찰을 부를 거야." 그녀는 벳시의 카트에서 달걀 한 다스를 꺼내 바닥에 던졌다.

그러자 발작 같은 분노에 휩싸인 벳시가 마리아의 카트를 움켜쥐고 잡아당기더니 옆으로 기울여 그 안에 든 식료품들을 모조리 바닥에 쏟아버렸다. 그러자 그녀 못지않게 이성을 잃고 마치 애국심이나 신앙을 증명하려고 애쓰는 고대인처럼 열정에 휩싸인 마리아가 벳시에게 달려들어 그녀를 흔들어댔다. 두 여자가 목소리를 높여 고함을 질러대자 구경꾼들이 모여들었다. 아마도 백 명쯤 되는 손님들이 카트를 끌고 모여들어서 두 여자가 식료품과 규칙을 놓고 싸우는 모습을 지켜보았다. 상점 지배인이 구경꾼 몇 명의 도움을 얻어 간신히 둘을 떼어낸 뒤 비 내리는 저물녘의 풍경 속으로 따로 내보냈다.

7

이 글을 쓰던 당시 상담치료법이 유행을 따라 급속히 변하고 있었기 때문에 구식 치료법을 따르던 어제의 상담치료사들이 세차장에서 자동차 유리창이나 닦는 신세가 된 경우가 많았다. '정신과 의사'라는 이름은 오래전에 유행에 뒤떨어진 단어가 되었고, 오래된 호칭인 '정신분석가'가 그 자리를 대신했다. 꿈의 해석과 유년기에 대한 철저한 분석을 통해 삶의 수수께끼들을 완전히 정복할 수 있다는 확신이 서구세계에 가장 널리 퍼진 신념이라고 해도 될 것 같았다. 물론 이 믿음의 탄탄한 바탕이 된 것은 사람이 성년이 될 때까지 부모가 수행하는 역할이 수정되고 정통을 따르는 고해성사가 무너져 폐허가 된 현실이었다. 프로이트의 용어들이 일상 언어 속에 깊이 배어들었기 때문에 트럭 운전수들이 애용하는 기사식당의 웨이트리스조차 맥주를 엎질렀을 때 이렇게 말할 정도가 되었다. "이런, 프로이트의 말실수* 였네요." 그녀에게 그 말이 무슨 뜻이냐고 묻는다면 이렇게 대답할 것이다. "무슨 소리예요? 갓난아기도 아니고. 프로이트는 실수한다는 뜻이잖아요. 센스가 없으시네."

시어스는 의논할 대상을 찾다가 에일리어니스트**라는 단어를 떠올렸다. 그가 젊었을 때 사용되던 단어이기도 하고, 장미꽃을 들고 대답 없는 문 앞에 서 있을 때 자신이 느낀 고뇌를 잘 표현해주는 단어이기도 했기 때문이다. 그때 그 장면에 낯선 것은 하나도, 정말이지 하나도 없었는데도, 그는 흐린 월요일 아침 카르파티아 산맥의 산악마을에서 느꼈던 것보다 더 잔혹한 소외감을 느꼈다. 그는 주치의가 준 정신과 의사 명단에서 파머라는 의사를 골랐다. 그가 고요하고 차분하게 성년을 맞던 무렵, 느릅나무 그늘이 드리워진 거리에서 행복하게 살던 같은 이름의 가족들을 떠올렸기 때문이다. 시어스가 예약을 하려고 전화를 걸자 파머 박사가 직접 받았다.

파머 박사의 진료실은 르네의 사무실처럼 하계의 분위기를 풍

* 은연중에 속마음을 드러내는 실언.

** 정신과 의사. 동사 alienate은 '따돌리다' '멀리하다'라는 뜻.

졌다. 그는 환자 대기실, 화장실, 낡은 잡지 몇 권을 다른 의사들과 공동으로 사용하고 있었다. 그는 키가 컸으며, 시어스가 보기에 못생겼다고 할 만한 외모였다. 머리가 많이 벗어졌고, 대체로 덩치가 크다는 인상을 풍겼다. 이스트사이드에 병원을 갖고 있는 사람치고 이상하게 추레한 모습이었지만, 시어스는 자신이 이스트사이드에 대한 고정관념을 갖고 있기 때문일 것이라고 생각했다. 하지만 잘못된 판단이었다. 파머 박사가 추레한 것은 절실히 돈이 필요한 형편이었기 때문이다. 그는 의사들 사이의 격렬하고 살인적인 정치다툼에 시달려 의사로서 성공하지 못했기 때문에 임대료를 걱정해야 할 판이었다. 시어스가 상담을 받고자 하는 문제를 감안하면, 그가 파머 박사를 고른 것은 불운한 일이었다. 파머 박사는 짝 없는 동성애 노처녀였다.

여기서 노처녀라는 말은 열렬한 욕망과 냉혹한 억압의 조합으로 인해 연애 문제에 대한 파머 박사의 감정이 악화되었음을 뜻한다. 때로 그는 익명의 남성의 벌거벗은 몸통이나 남성의 등뼈를 보고 불쑥불쑥 발기를 경험하는 듯했는데, 이런 성적인 흥분에 끊임없는 억압으로 대처했다. 사실 그는 불쑥불쑥 부풀어오르는 성기가 평정을 유지해주는 자신의 패러다임을 깨뜨리기라도 하는 것처럼 발기를 짜부라뜨렸다. 그는 옛날 전통적인 사회에서 미혼여성들이 겪던 성적인 고뇌의 희생자였다. 당시 여성들은 괴로움, 의심, 고독으로 대표되는 역할을 수행했다.

시어스가 르네를 위해 노란 장미를 사던 날 있었던 일, 자신과 엘리베이터맨이 한 행동을 말하는 동안 파머 박사는 의자에서 몸을 자꾸 움직였다. 시어스는 정중하게 말했다. "선생님은 내가 동성애자가 아닐까 걱정하는 게 신경증 환자 같다고 생각하시는 듯하지만, 지금 돌이켜보면 내가 지금까지 품었던 불안감 중에 가장 분별 있는 것이라고 해도 될 겁니다. 나는 지금까지 돈이나 친구나 지위나 건강에 대해 진심으로 걱정할 이유가 없었는데, 그 엘리베이터맨과 즐거운 시간을 보냈습니다. 하지만 만약 내가 나 자신을 동성애자로 규정한다면 그것은 곧 내 인생의 끝을 의미할 겁니다.

성적인 면에서 나는 다소 자멸적인 요인들을 지니고 있는 듯합니다. 그래서 그런 점들에 대한 설명을 듣고 싶어서 선생님을 찾아온 겁니다. 내 기질에는 정반대의 양극단이 존재하는 것 같습니다. 나는 사랑에 대한 내 생각이 반영되어 있는 성행위만이 도덕적이라고 생각합니다. 이것이 무엇보다 중요한 것 같아요. 르네의 아파트 창문에는 다면체 모양으로 깎은 작은 수정이 걸려 있었습니다. 거기에 빛이 가득차면 벽에 무지개가 생겼죠. 어느 날 늦은 오후에 내가 아주 진지하게 이런 말을 했습니다. 그녀를 향한 나의 사랑이 저 색색의 빛만큼 중요하고, 무지갯빛이고, 형체가 없다고요. 그녀는 나더러 여자에 대해 아무것도 모른다고 말했지만, 그건 그녀가 항상 하는 말이었습니다. 한번은 내 물건을 물고 있다가 입을 떼고는 나더러 여자에 대해 아무것도 모른다고 말한 적도 있으니까요."

파머 박사의 진료실은 구식 건물의 4층에 있었다. 열고 닫을 수 있는 이 건물 창문들을 통해, 어떤 남자가 다른 남자에게 공을 던지라고 커다란 목소리로 유쾌하게 외치는 소리가 들려왔다. 운동장에서 들려오는 소리였지만 그가 깊은 갈망과 향수를 느낀 것은 그의 젊음뿐만 아니라, 삶이 지닐 수 있는 활기와 단순함과 아름다움 때문이기도 했다. 자신은 그런 삶에서 얼마나 멀리 벗어나버린 건지! 그는 이런 단순함과 유용성을 다시 붙들고 싶다는 진지한 마음으로 의사의 임대료가 될 돈을 지불하고 있었지만, 이미 너무 먼 곳까지 와버린 것 같았다.

"무슨 생각을 하십니까?" 파머 박사가 물었다.

"거리에서 목소리가 들려서요." 시어스가 말했다. "여름날과 행복하던 시절이 생각나네요."

"유치증은 확실히 선생의 가장 큰 핸디캡 중 하나인 것 같군요."

"내 말은……" 시어스가 말했다. "거리가 20야드쯤 남았을 때 네번째 다운* 같다는 생각이 들었다는 겁니다. 그때 할 수 있는 일은 펀트**밖에 없지요. 펀트란 얼마나 놀라운 일입니까. 네번째 다운에서 공을 저멀리로 보낼 때는 정말이지 희망적인 기분이 들지요. 새로운 시작 같은 느낌이에요. 그래서 왜 미식축구가 다른 나라에서는 인기를 끌지 못하는지 궁금할 정도입니다."

"주전으로 활약한 적이 있습니까?" 파머가 물었다.

"아뇨, 아뇨." 시어스가 상당히 슬픈 표정으로 말했다. "항상 2진이었어요. 대타였던 적도 있고."

"점점 살이 붙는 중인 것 같군요." 의사가 말했다.

시어스는 자리에서 일어났다. "옛날 미식축구를 할 때 쓰던 허리띠를 지금도 쓰고 있습니다."

"결혼할 생각은 해보셨나요?" 의사가 물었다.

"두 번 결혼했습니다."

"이혼입니까?"

"두 번 다 아내가 죽었어요."

"흠."

시어스는 보스턴에서 열린 음악회의 중간 휴식시간에 첫번째 아내인 사랑스러운 어밀리아를 만났다. 밝은 갈색이 도는 그녀의 머리카락은 젊었을 때 바닷가, 배, 테니스코트 등에서 현명하

---

* 미식축구에서 공격팀에 주어진 연속 네 차례 공격권 중 마지막 네번째 공격.

** 손에서 떨어뜨린 공이 땅에 닿기 전에 차는 것.

게 긴 여름을 보내는 동안 예쁜 노란색으로 물들었다. 하지만 노란색 왕관을 쓴 것 같은 그 모습은 금방 사라진다. 어쩌면 이것이 매력 중의 하나인지도 모른다. 그런 선물은 이십대 초반에 사라지는 법이다. 두 사람은 10월 말에 처음 만났다. 갓 스무 살이 된 그녀의 머리카락에는 황금색이 줄무늬를 그리고 있었다. 이것이 그녀의 눈썹과 대조를 이루었다. 그녀는 유난히 짙고 검은 눈썹이 짐이라도 되는 듯 고개를 꼿꼿이 들고 다녔다. 몸매가 정말이지 뛰어났는데, 그날은 검은 벨벳 드레스를 입고 〈파리 마치〉를 들고 있었다. 치즈소스를 곁들인 대구 요리법이 실린 페이지가 겉으로 드러나게 잡지를 접은 상태였다. 시어스는 그녀를 보자마자 다른 생에서 알던 사람 같은 기분이 들었다. 그리고 그렇게 친숙한 느낌이 드는 이유에 대해 단 한 번도 의문을 품지 않았다. 이십 년 뒤 죽음을 앞둔 그녀를 품에 안고 있을 때 그는 무슨 수를 써도 달랠 수 없는 슬픔을 느꼈지만, 그녀가 그와 처음 만났던 그 생으로 돌아가고 있다는 생각이 들었다. 그러니 두 사람은 거기서 다시 만날 터였다.

두번째 아내는 그가 선택했다기보다 선택당한 쪽에 가까웠다. 그녀는 아이 없이 불행한 결혼생활을 하다가 이혼한 사람이었는데, 그녀가 먼저 시어스에게 청혼했을 때 그는 그냥 받아들였다. 그녀는 미래를 훤히 내다볼 수 있다고 주장하면서, 자신과 시어스가 아주 행복하게 살 것이라고 장담했다. 결혼한 뒤 시어스는 아내 에스텔이 신비롭고 불가사의한 일들의 전문가를 자처한다는 사실을 알게 되었다. 그녀는 초자연적인 통찰력이 운동경기 종목이라도 되는 것처럼 자신의 예지능력을 옹호하며 호승심을 불태웠다. 그 방면에서 시어스의 경험이라고는 동유럽의 유명한 예언가인 갈리아라는 여자에 대한 이야기뿐이었다. 시어스에게 그 이야기를 들려준 사람들은 대개 그녀가 사는 동굴까지 찾아가서 큰돈을 내고 조언을 들은 미국인 회사원들과 기업인들이었다.

어느 날 저녁 동유럽에서 우연히 만나 함께 술을 마시게 된 미국인이 시어스에게 갈리아의 능력을 설명해주었다. 자기네 회사가 뉴멕시코에 갖고 있는 광산에서 사고가 일어날 것이라고 예언해준 덕분에, 수백만 갤런의 방사성 폐수가 누출되는 일을 막았다는 것이다. 같은 해에 갈리아는 우라늄 가격이 떨어질 것이라는 예언도 해주었다. 시어스가 듣기로 그녀는 어렸을 때 번개 때문에 시력을 잃었으며, 고대세계의 가장 유명한 예언자가 살던 곳에서 그리 멀지 않은 사화산에 살고 있다고 했다. 정보부 장관이 그녀와 만나게 해주겠다고 여러 번 제의했지만, 시어스는 불가사의한 일에 정말로 관심이 없었다. 어느 날 힘든 하루를 마치고 늦은 오후에 호텔로 돌아와보니 정보부 장관의 보좌관이 로비에서 그를 기다리고 있었다. 갈리아가 그를 만나주겠다고 했다는 이야기를 전하러 온 것이었다. 그가 옷을 갈아입을 시간이 있느냐고 묻자 없다는 답이 돌아왔다. 그는 사회주의 국가에서 장관들이 즐겨 타는 커다란 승용차에 몸을 실었다.

차 안에는 중년의 여성 통역사가 타고 있었다. 그와 그녀는 프랑스어로 이야기를 나눴다. 장관의 지시로 위스키와 얼음도 차 안에 준비되어 있었다. 시어스는 지독하게 피곤했다. 라디오가 아주 크게 틀어져 있었지만, 시어스는 그것을 끄면 안 된다는 걸 알고 있었다. 그랬다가는 운전기사가 크게 실망할 터였다. 자동차 안의 라디오에서 흘러나오는 음악은 세계 어디서든 똑같은 것 같다. 그날 라디오에서는 호기 카마이클의 〈스타더스트〉와 라주모프스키 현악사중주 중 두번째 곡이 흘러나왔다. 그 지역에서는 다뉴브 강의 수위가 정기적으로 보도되었다. 자동차가 아주 드문 나라라서 농경지 사이를 달리는 자동차들은 시속 160킬로미터의 속도를 냈다. 이 눈부시고 풍요로운 나라에서 농사를 짓는 것은 여전히 사람의 손이었다. 그날 오후 시어스는 농기계를 단 한 점도 보지 못했다. 늦은 시각인데도 사람들이 여전히 괭이질을 하고 있었다. 그중 몇 명이 리무진을 향해 즐겁게 손을 흔들었다. 관개시설이 잘돼 있고, 지혜롭게 농작물을 심은 비옥한 농경지의 아름다움에 마음이 움직인 시어스는 지평선에 보이는 옛 화산의 산성 용암층이 가까워질수록 변하는 토양에 맞춰서 농작물도 다양하게 바뀌는 것을 알아차리고 감탄했다.

예언자에게 무엇을 물으면 좋을지 고민스러웠다. 일은 번창했고, 그는 아내와 아이들을 사랑했다. 투자수익도 확실했고, 건강 또한 최고였다. 그러니 예언자에게 물어볼 것이 생각나지 않았다. 예전에 미국인 친구는 그녀의 존재감이 무서울 정도라고 말해주었다. 어찌나 무시무시한지 미리 준비한 질문을 던지기가 힘들 때도 있다는 것이다. 시어스는 머리에 독사가 우글거리고 입에는 불이 가득한 전통적인 괴물을 상상해보려고 했지만, 너무 피곤한 탓인지 술에 너무 취한 탓인지 아니면 농경지의 아름다움에 마음이 너무 편안해진 탓인지 갈리아와 만나는 것에 대해 불안한 마음이 들지 않았다. 통역사가 자신의 개인사를 이야기하고 있었다. 라디오 음악만큼이나 친숙한 이야기였다. 대부분의 사람들이 한 번쯤 그러듯이 그녀의 가족도 집과 별장을 잃었다는 이야기.

시어스 일행은 어둠이 내리기 조금 전에 화산 기슭에 도착했다. "무섭지 않으세요?" 통역사가 물었다. "아, 예, 무섭죠." 시어스가 예의 바르게 말했다. 자신이 이 만남의 중요성을 제대로 인정하고 있지 않은 것 같았다. 예언자의 동굴 입구에 작은 텃밭이 있었지만, 시어스는 토양의 산성이 너무 강해서 파슬리 외에는 자라는 것이 거의 없음을 알아차렸다. "제가 팔을 붙잡아도 될까요?" 통역사가 말했다. "너무 무서워서 말도 제대로 못하겠어요."

동굴 안에 달랑 전구 하나만 켜진 방 같은 곳이 있었다. 시어스는 전력을 어디서 끌어왔는지 궁금했다. 예언자는 기름을 먹인 깨끗한 식탁보가 덮인 평범한 탁자에 앉아 있었다. 머리가 희끗희끗 세기 시작한 중년 여성으로, 시력이 없는 눈을 감은 채 고개를 꼿꼿이 들고 있었다. 옷은 깨끗한 면 드레스였다. 시어스는 그녀에게 절대적인 호의를 느꼈다. 우라늄 가격의 하락을 예언했던 이 놀라운 사람을 보니 그 어느 때보다도 환한 미소가 지어졌다.

그녀가 그의 소지품을 만져봐도 되겠느냐고 해서 그는 지갑을 주었다. 그녀는 손으로 지갑을 더듬으며 빙긋 웃다가 소리를 내어 웃기 시작했다. 시어스도 따라 웃었다. 그녀는 지갑을 돌려주고는 통역사에게 뭐라고 말했다. "저분 말씀이 무슨 뜻인지 전혀 모르겠어요." 통역사가 말했다. "어쨌든 저분이 하신 말씀은 'La grande poésie de la vie*'예요." 예언자가 일어서자 시어스도 일어섰다. 두 사람 모두 소리 내어 웃고 있었다. 그러다가 그

* 프랑스어로 '삶의 장대한 시'라는 의미.

녀가 양팔을 내밀자 그는 그녀와 포옹했다. 두 사람은 역시 소리내어 웃으면서 헤어졌다. 이미 사방이 어두워져 있었다. 운전기사는 시동을 걸자마자 라디오를 아주 크게 틀었고 그들은 도시로 돌아왔다.

예언사와의 이 유쾌하고 짧은 만남은 시어스가 에스텔을 이해하는 데 전혀 도움이 되지 않았다. 그녀는 자신의 예지력을 무엇보다 중요하게 생각했다. 그것을 재능이라기보다는 성취로 여기는 것 같았다. 그녀는 사람들이 보는 세상, 곧 시어스가 찬탄하는 세상이 피상적이지만 자신에게는 투명하게 들여다보이고, 사랑과 죽음이 어떻게 정해져 있는지 눈에 훤히 보이는 진짜 세상을 자신이 볼 수 있다고 믿었다. 시어스가 보기에는 그녀의 예지가 대체로 비관적인 것 같았다. 에스텔이 가장 자주 예언하는 것은 싸움, 가난, 이혼, 광기, 자살이었다. 시어스가 기억하기로, 에스텔이 영혼의 승리를 예언한 적은 없었다. 그녀는 머리를 빨갛게 물들이고, 라임색 옷을 입었다. 그녀를 처음 소개받은 사람들은 전에 칵테일파티에서 그녀를 만난 적이 있는 듯한 기분이 들 것이다. 다섯 번이나 열 번쯤 되는 칵테일파티가 아니라 수백, 수천 번의 칵테일파티 말이다. 사교행사가 달력에서 사라져버리기 전, 칵테일파티가 길어지는 그림자만큼이나 밤 풍경의 일부가 된 것처럼 보일 때의 칵테일파티. 그녀가 칵테일파티와 워낙

일체가 된 양 보였기 때문에 그런 행사가 시대에 뒤떨어진 것이 되면 그녀가 어떻게 될지 궁금해질 정도였다.

에스텔의 예언이 정확한지 확인해보는 것은 몹시 시어스답지 않은 행동이었다. 저녁에 파티에 참석했다가 집에 돌아온 뒤 그녀는 화장대에 앉아 A 부부가 이혼할 것이다, B가 돈을 모두 잃을 것이다, C가 사기혐의로 체포될 것이다, E 부인이 미칠 것이다 등 예언을 늘어놓았다. 그녀는 예언이 아주 뛰어난 사교적 재능이라고 생각했지만, 시어스는 어느 날 밤 집에서 손님들을 접대하다가 미래를 안다고 주장하는 행위의 복잡한 역설을 알게 되었다. 에스텔의 요리솜씨는 끔찍했다. 그녀에게 요리를 맡기는 것이 위험할 정도여서 그날 밤에도 그녀가 준비한 리소토는 특히나 치명적이었다. 그녀가 어느 이웃 가족의 불행을 장황하게 예언하는 동안 시어스는 임박한 미래를 조금 걱정했다. 새벽 세시나 네시가 되면 열두 명의 손님들이 모두 리소토의 독에 중독되어 화장실에서 한 시간 넘게 보내며 고통스러운 설사에 시달리리라는 것을 그는 알고 있었다. 에스텔이 눈을 반쯤 감고 미래의 스케치를 그리는 동안 시어스는 자신도 예언할 수 있는 임박한 미래의 심각한 사태를 그녀의 예지력은 왜 알아차리지 못하는 건지 궁금했다.

에스텔의 마지막은 대략 이러했다. 그녀는 필라델피아에서 낮

공연을 본 뒤 기차를 타고 시어스와 함께 살고 있던 교외로 돌아왔다. 그녀의 차가 있는 주차장으로 가려면 기찻길 밑의 지하도를 이용해도 되고, 그 지하도보다 먼저 생겨서 위험한 나무 보도를 이용해도 되었다. 겨울날 어스름녘이었는데, 그녀가 이미 보도를 걷고 있을 때 한 젊은이가 외쳤다. "아주머니, 거긴 위험해요. 기차가 올 거예요." "내가 누군 줄 알기나 해요?" 그녀는 처음 만난 사람들 사이의 예절을 중시했기 때문에 이렇게 외쳤다. "미안하지만 나는 미래를 아는 사람이에요." 그러면서 그녀는 트렌턴 급행열차 앞으로 곧장 발을 내디뎠고, 남은 것은 베일 조각과 하이힐 한 짝뿐이었다.

"선생의 남자애인은 신경증 때문에 전형적으로 나타나는 환상입니다." 파머 박사가 말했다. "잃어버린 학창시절 친구나 어렸을 때 알던 남자 친척을 대신할 유령을 선생이 스스로 만들어낸 거예요."

"유령이라는 말이 무슨 뜻인지 모르겠군요." 시어스가 말했다. "내 나이의 남자에게 사랑이란 쉽게 손에 잡히지 않는 것이 아닐까요? 요즘 나는 아주 짧은 사랑밖에 경험하지 못하는 것 같지만, 에드와도가 누군가의 대용물이라는 말씀에는 솔직히 동의할 수 없습니다. 에드와도 덕분에 내게 익숙하지 않은 여러 가지 외로움을 이해할 수 있게 된 것 같으니까요. 그런 고독은 다른 남자들에게도 익숙하지 않을 겁니다. 주로 공항처럼 새로운 장소들과 관련된 외로움이니까요."

"그거야 당연히 선생이 하늘을 나는 걸 무서워하니까 그렇지요." 에일리어니스트가 말했다.

"하늘을 나는 건 무섭지 않아요." 시어스가 말했다. "하지만 공항은 무섭습니다."

"선생이 정말로 르네를 이해한다고 생각하십니까?"

"아뇨." 시어스가 외쳤다. "하지만 그녀가 드러내고 싶어하지 않은 부분에 대해서는 별로 신경쓰지 않았습니다. 금연이나 금주나 절식을 위한 모임이 열리는 교회 지하실로 계속 그녀를 데리러 갔지요. 세 가지를 한꺼번에 다루는 모임도 있는 것 같았습니다. 식당에서 외식을 할 때 그녀가 내 몫까지 대부분 먹어치울 때가 가끔 있는데, 그런데도 그녀는 살이 찌지 않아요. 아마 그녀는 더 나은 사람이 되고 싶었던 것 같습니다. 거리에서 마주치는 사람들의 얼굴만 보고 짐작하는 것보다 훨씬 더 많은 사람들이 그런 생각을 하고 있을 겁니다."

"친구가 있습니까?" 파머 박사가 물었다.

"아주 많지요." 시어스가 말했다.

"그건……" 파머 박사가 말했다. "신경증 환자의 전형적인 대답이군요. 신경증 환자들은 병적인 고독을 숨기려고 우호적인 분위기와 인기를 갑옷처럼 두르고 있거든요. 친구가 많다면, 몇 분쯤 제게 환자로 소개해주셔도 되겠습니다. 이 업계의 정치싸움은 정말이지 말로 표현할 수 없을 정도예요. 그렇지 않고서야 제가 이렇게 도움을 요청하지도 않겠지요. 내일 같은 시간에 뵙겠습니다."

8

시어스가 아파트로 돌아와보니 전화벨이 울리고 있었다. 르네가 한잔하자고 청하는 전화였다. 그는 마음이 들떴다. 지난번 싸움을 생각하면서, 그녀가 낡은 파란색 가운 차림으로 문을 열어줄 것이라고 기대했다. 아니면 아예 아무것도 입지 않은 모습이거나. 그는 이런 생각을 하며 웃는 얼굴로 로비에 들어섰다가 에드와도를 보았다. 그는 환히 웃는 시어스의 표정을 보고 웃음을 터뜨렸다. 그와의 관계는 질투를 걸러낸 결합 같았다. 그가 초인종을 울리자마자 그녀가 문을 열어주었다. 하지만 그녀가 낡은 파란색 가운 차림이 아닌 것이 실망스러웠다. 그녀는 원피스에 구두를 신고 향수도 조금 뿌린 차림이었지만 자신에게 입맞춤해줄 때는 헤아릴 수 없을 만큼 부드럽고 다채로워서 그는 그녀의 옷차림에 신경쓰지 않았다. 그녀가 그에게 술을 한 잔 주고 그의 무릎에 앉아 셔츠 단추와 바지 지퍼를 모두 열었다. 그녀가 그의 트렁크 팬티를 손으로 만지작거리는 동안 그는 학창시절 체육교사를 떠올렸다. 그는 흔적만 남은 젖꼭지 때문에 모양이 이상해진 남자의 몸통이 관능적인 자극에 전혀 반응하지 않는다고 가르쳤다. 그리고 시어스는 아주 최근까지 그 가르침을 한 번도 의심하지 않았다. 지금 자신이 누구나 원하는 상황 속에 있다는 생각이 들었다. 밤의 날개에서 어둠이 내리는 무렵 사랑스러운 여자를 무릎에 앉힌 이 상황은 진정한 여행의 끝이었다. 그녀가 그에게 입을 맞추고 있을 때 전화벨이 울리자 그녀는 그의 무릎에서 일어나 전화를 받으러 갔다. "몇 분 뒤에 내려갈게요." 그녀가 말했다. "도어맨이 이중주차를 하게 해줄 거예요."

"그게 도대체 무슨 소리요?" 시어스가 말했다.

"날 공항까지 차로 데려다줄 사람이에요."

그녀가 복도로 가서 벽장을 여는 소리가 들렸다.

"어딜 가는데?" 시어스가 다그치듯 물었다. "어딘가 간다는 이야기는 한 적이 없잖소. 비행기를 탈 사람 같은 행동도 없었고."

"내 여행 가방이 복도에 나와 있는 걸 보셨는지 모르겠네요. 당신은 항상 그런 걸 잘 알아차리니까."

"당신 복도가 항상 여행 가방들로 가득하다는 건 알아차렸지.” 시어스가 고함을 질렀다. “몇 달 동안 그 망할 가방들에 계속 발이 걸려서 휘청거렸으니까.”

“엘리베이터까지 가방 옮기는 걸 좀 도와줄래요?” 그녀가 물었다. “아니면 에드와도를 부를까요?”

그녀는 문간에 서서 모자와 외투를 걸치고 장갑을 끼는 중이었다. 그는 자신과 이 세상이 실제로 존재하는지 의심하는 당혹스럽고 영적인 경험을 했던 산악지방에 점점 가까워지고 있는 것 같았다. 그는 복도로 나가서 그녀의 가방을 들었다. “도대체 어딜 가는데?” 그가 물었다.

“딸을 만나러 디모인으로 돌아가요.” 그녀가 말했다. “분명히 내가 말했을 텐데 당신이 잊어버린 거예요.” 에드와도는 연인이라기보다 보호자 역할을 하는 친척 같은 태도로 여행 가방을 바라보았다. 시어스의 얼굴은 분노로 하얗게 질렸고, 르네는 아주 침착한 여행자의 분위기가 풍겼다. 시어스가 한 일이라고는 기다리던 차가 문을 열어줄 때까지 보도에서 그녀를 기다리다가 그녀의 작별키스를 받은 것뿐이었다. “당신은 여자에 대해 아무것도 몰라요.” 그녀가 말했다. 그는 로비에 있는 에드와도를 뒤돌아보지 않고 영화를 보러 갔다. 자신이 사는 세상을 경멸하는 것은 비열한 짓이야. 그는 속으로 생각했다. 그는 자신이 선택한 극장이 거의 텅 비어 있음을, 영화의 내용은 늑대인간에 대한 것

임을, 앞줄에 앉은 남자가 저녁식사를 가지고 들어와서 영화를 보며 먹고 있음을 멍하니 인식했다. 영화가 끝난 뒤 시어스는 르네의 집으로 돌아가 로비에서 에드와도를 만났다. 그는 아주 친한 친구를 만난 사람처럼 시어스를 반가워했다. "우리가 함께 할 수 있는 다른 일을 찾아야겠어." 시어스가 말했다. "낚시 좋아하나? 같이 낚시나 하러 갈까?"

"낚시 좋죠." 에드와도가 말했다. "곧 휴가가 다가오지만, 일을 대신할 사람을 구할 수 있는지 조합에 물어봐야겠어요."

"북쪽에 농어 낚시를 할 수 있는 좋은 연못을 알고 있네." 시어스가 말했다. "옛날에 거기 괜찮은 여관이 하나 있었는데. 자네 낚시 도구는 있나?"

"베이트캐스팅 낚싯대가 두어 개 있을 거예요." 에드와도가 말했다. "한번 찾아봐야겠는데요. 아들 녀석들이 그걸 가져갔을지도 모르니까요."

"아들들은 무슨 일을 하는데?" 시어스가 물었다.

"막내는 러트거스 대학 4학년이에요. 큰애는 애스펀에서 재즈 피아노를 연주하고요. 콜로라도에 있는 곳이에요."

"그래, 이만 가보겠네." 시어스가 말했다. "나중에 계획을 짜보자고."

"안녕히 가세요."

열흘 뒤 시어스와 에드와도는 렌터카를 타고 북쪽 캐나다의 황무지 근처에 있는 연못으로 향했다. 시어스는 십 년 전 그곳에서 낚시를 한 기억이 있었지만, 기억이 엉키는 경우가 많았으므로 어쩌면 이십 년 전이나 그보다 더 오래전일 수도 있었다. 두 사람이 북쪽으로 떠난 오전에는 비가 내렸다. 시어스의 기분과 딱 들어맞는 날씨였다. 에드와도는 점심식사를 위해 멈출 때까지 줄곧 차를 운전했다. 식사 뒤에 시어스가 말했다. "내가 운전하지." 에드와도는 그에게 열쇠를 던져주고는 빗속에서 차가 북쪽으로 출발하자마자 잠이 들었다. 시어스는 무서울 정도로 행복했다.

그는 774번 도로를 따라 북쪽으로 차를 몰았다. 대로들이 다 그렇듯이 이 도로도 지난 십 년 동안 크게 변했다. 시어스는 미망에서 깨어나지는 못했지만, 눈에 보이는 것은 확실히 보았다. 두 사람은 예전에 작은 낙농장이 있던 동네를 지나갔다. 돌담과 목재용으로 기르는 나무들을 경계로 4제곱미터 또는 2제곱미터 크기의 밭들이 펼쳐져 있었다. 19세기 또는 그보다 훨씬 전에 지어진 농가들과 교회 몇 곳이 보였다. 건물들에서 허세를 부리는 듯한 느낌은 전혀 찾아볼 수 없었지만, 개성 있고 매력적인 모습 덕분에 확실히 귀족적인 분위기가 있었다. 774번 도로는 전국에

뻗어 있는 고속도로 가운데 상업화된 구간 중 하나였다. 작은 낙농장이 퇴물이 된 것을 안타까이 여기는 일은 부질없는 짓이겠지만, 시어스가 보기에 폐허가 된 마을은 우울한 풍경이었다. 마치 진정한 모험심을 지닌 사람들이 어딘가에서 방향을 잘못 꺾는 바람에 우연히 집시마을로 들어와버린 것 같았다. 이곳에는 가장 덧없는 약속들과 가장 육중한 감정의 무게가 있었다. 차에 탄 채로 들어갈 수 있는 포르노 극장 옆의 가구점 두 곳에는 장정 두세 명이 달려들어야 옮길 수 있는 물건들이 진열되어 있었다. 그는 이곳이 수확의 느낌을 잃어버린 풍경, 또는 종족이라고 생각했다. 그도 그들 중 한 명이었다.

운전하는 동안 그는 풍경을 더 낫게 만들기 위해 자신이 한 일, 비즐리 연못을 위해 자신이 한 일을 생각하며 자신이 옳다는 확신을 다졌다. 그는 환경운동가 치솜을 고용했고, 물속의 유독 성분을 구체적으로 밝혀내기 위해 코넬 대학의 연구실에도 비용을 지불했다. 아직 조사가 끝나지는 않았지만, 돌아오는 주에 재니스에서 청문회가 열릴 예정이었다. 치솜은 연못을 파괴하는 사람들이 거대하고 강력한 범죄조직이라고 말했다. 그들이 매립지에 쓰레기를 버리는 비용이 높은 것에 착안해서 소도시 공무원들을 매수한 뒤 수원지들을 매립지로 만들어 물을 오염시키고 있다는 것이었다. 시어스는 그의 주장을 완전히 믿지는 않았다. 치숌은 시어스가 보기에 언변보다는 유전적인 특징이 더 가치 있는 사람에 속하는 것 같았다. 그런 사람들은 세계 어디에나 있었다. 치숌의 치아 크기, 두꺼운 안경, 구부정한 몸, 통통 튀는 듯한 걸음은 모두 한번 정한 일을 끝까지 밀고 나가는 개혁가의 특징이라고 시어스는 생각했다. 짐작하기에 치숌은 결혼생활이 순탄치 못했던 것 같았다. 따라서 그의 자녀들도 자아를 찾는데 곤란을 겪었을 것이다. 시어스의 생각은 그리 틀리지 않았다. 774번 도로를 달리다보니 비즐리 연못의 파괴 현장이 여기까지 연장된 것 같았다.

두 사람은 늦게야 여관에 도착했다. 시어스는 여관 양편에 각각 튀김 음식점이 있는 것을 보고 실망했지만 놀라지는 않았다. 그가 이 여관에 다녀간 뒤로 주인이 수도 없이 여러 번 바뀌었다. 두 사람은 바에서 술을 아주 많이 마셨는데, 두 사람이 낚시 얘기를 꺼낼 때마다 바텐더가 화제를 바꿨다. 주방이 마감한 뒤라서 두 사람은 저녁식사로 샌드위치를 먹었다. 그리고 방으로 돌아와 텔레비전을 보다가 잠자리에 들었다. 중간에 시어스는 잠에서 깼다. 몇시쯤 되었는지는 알 수 없었지만, 어쨌든 사람이 통찰력을 얻은 듯한 환상을 느끼는 시간이었다. 그는 창가로 갔다. 튀김 음식점들의 문은 닫혔지만 창문이 열려 있어서 튀김 냄새가 여관방을 가득 채웠다.

그 냄새가 그의 의식도 가득 채운 것 같았다. 그는 아주 잠깐뿐이기는 해도, 상설할인 아웃렛이나 차를 탄 채 들어갈 수 있는 스트립쇼장처럼 튀김도 새로운 일탈현상이라는 생각이 들었다. 하지만 지상에서 가장 먼저 냄새를 풍긴 것 중에 튀김도 포함되어 있었다는 지식을 동원해서 제멋대로 떠오른 이 생각을 급히 수정했다. 사랑, 사냥의 중요성, 태양계의 항상성이 발견된 뒤 튀김 냄새가 생겨났다. 지금도 카르파티아의 오지 중 오지에서 추수가 끝날 무렵이면 목동들이 양떼를 몰고 산에서 내려와 집시들의 바이올린 연주와 북소리를 듣고, 숯불 위에서 빙글빙글 돌아가는 소시지 냄새를 맡는다. 튀김은 권위를 부인한다는 점에서 야만적이며 영양실조, 여드름, 비만을 낳는 마법을 부렸다. 소화가 힘들고 냄새가 아주 강해서, 재수 없으면 사형대로 가는 길에 마지막으로 맡는 것이 튀김 냄새가 될 수도 있었다. 게다가 튀김은 들고 다니기도 쉬웠다. 안장에 앉은 채, 관람차 안에서, 시골 장터를 돌아다니면서 먹을 수 있었다. 아니면 전쟁용 카누를 젓거나 전장을 향해 행군하면서 원뿔 모양으로 접은 이파리, 나무껍질, 인간의 살가죽 등에 담긴 튀김을 손가락으로 집어먹을 수도 있었다. 사람들은 처음 인간을 희생제물로 바칠 때도 튀김을 먹었다. 철학자의 뼈를 부러뜨린 뒤 바퀴에 매달 때나 성자들을 사자 먹이로 던져줄 때 콜로세움에서는 가지가 기름에 튀겨지고 있었다. 사람들은 마녀의 목을 매달 때, 남의 신분을 사칭한 사기꾼의 사지를 찢을 때, 도둑을 십자가에 매달 때도 튀김을 먹었다. 공개처형은 인류가 처음으로 고안해낸 잔치였으며, 튀김은 축제와 명절의 음식이었다. 또한 연인들, 도박꾼, 여행자, 유목민을 위한 음식이기도 했다. 세상의 모든 고속도로들은 튀김을 마구 칭찬하고 찬사를 보냄으로써 인류에게 아직 역사가 없고 미래의 비전도 별로 없던 시절 떠돌이 사냥꾼들과 어부들의 기억을 계속 생생하게 보존했다. 튀김은 영적인 방랑자들을 위한 음식이었다.

시어스가 침대로 돌아와보니 에드와도는 시끄럽게 코를 골며 자고 있었다. 시어스는 이런 연인들이 항상 도둑, 거짓말쟁이, 전과자이며 때로는 살인자도 있다고 들었지만 에드와도만큼 정직한 사람은 본 적이 없는 것 같았다. 그 순간 갑자기 음탕한 충동이 몰려오면서, 이런 쪽의 본성은 앞으로도 영원히 종잡을 수 없을 거라는 깨달음이 찾아왔다. 그가 에드와도에게 느끼는 것은 전통적인 사랑의 모험심이라기보다는 향수에 가까운 듯했지만, 결코 그 강렬함이 떨어지지는 않았다. 그 순간 그는 자신이 진심으로 순수성을 찾고자 하더라도 자신 안에서는 그것을 결코 발견할 수 없음을 깨달았다.

아침에 두 사람은 아주 기분좋게 일어났다. 에드와도는 머리를 감았다. 시어스는 그가 사용한 샴푸가 머리를 반짝반짝 빛나게 해준다고 광고하는 제품임을 알아차렸다. 젊은 날의 행복하고 활기찼던 허영심이 떠오르면서 자신과 에드와도의 엄청난 나이 차이가 새삼 느껴졌다. 하지만 그것이 마음에 걸리지는 않았다. 시어스가 매력적인 모습을 연출하기 위해 세넌대에 머리를 박고 빗질하던 것이 얼마나 오래전 일인지.

아침식사를 한 뒤 두 사람은 배를 빌렸다. 낚시터는 시어스가 강한 유대감을 느끼는 피조물이었다. 그가 낚싯대에 줄을 매며 이런 기분을 즐기고 있는데, 그들에게 배를 빌려준 남자가 다가와 이렇게 말했다. "아무래도 대략 십 년 전부터 이곳에 물고기가 살지 않았다는 사실을 두 분에게 미리 말해줘야겠습니다. 마지막으로, 그게 아마 삼 년 전인 것 같은데, 어쨌든 그때 수질을 시험해본 결과 시판되는 식초보다 산성이 조금 더 강한 걸로 나왔어요."

"근처에 다른 연못은 없습니까?" 시어스가 물었다.

"연못이 백 군데쯤 있죠." 남자가 말했다. "어쩌면 이백 개쯤 되는 것 같기도 하고요. 하지만 전부 여기처럼 산성이에요. 물론 두 분이 그래도 한번 해보시겠다면 말리지는 않겠습니다. 물고기가 다시 돌아왔을지도 모르니까요."

두 사람은 낚시에 적합하지 않다는 연못으로 무작정 나가서 한 시간가량 낚싯대를 드리웠다. 시어스는 낚싯대를 다루는 에드와도의 솜씨가 감탄할 만큼 우아하고 노련하다는 것을 알아차렸다. 배를 몰고 다시 돌아온 뒤 시어스는 열흘 동안 휴가를 얻은 에드와도에게 이제 무엇을 하겠느냐고 물었다. "아내와 키웨스트*에 갈 겁니다." 그가 말했다. "조합에 패키지 투어가 있어서 예약을 하지 않아도 되거든요. 재작년에도 한 번 아내를 데리고 갔는데 좋아하더군요." 두 사람은 다시 도로를 따라 차를 몰았고, 또 비가 내렸다. 옆에 있는 젊은 남자 덕분에 시어스는 774번 도로의 야만성과 유목성을 더 잘 이해할 수 있었다. 두 사람은 시어스의 아파트에서 헤어졌다. "르네가 디모인에서 돌아온 뒤에 보세." 시어스가 말했다. "살이나 잘 태우고 와."

* 미국 최남단의 작은 섬. 플로리다 주에 있다.

9

슈퍼마켓에서 소동이 벌어진 뒤, 헨리는 벳시에게 변화가 필요하다는 것을 알아차렸다. 그래서 하루 휴가를 내서 첼름스퍼드 해변으로 나들이를 가기로 했다. 주말이면 언제나 해변에 사람이 우글거리지만 평일은 다를 터였다. 두 사람 모두 사람이 북적이는 곳을 별로 좋아하지 않았다. 벳시는 도시락을 준비하고, 음료로는 자신이 마실 레모네이드와 헨리가 마실 맥주를 챙겼다. 그리고 오전 열시쯤 랜디와 빙시를 차에 태우고 출발했다. 아기인 빙시는 유아용 캐리어에 앉혔다. 화창한 여름날이었다. 두 시간이 채 안 돼서 해변에 도착한 그들은 평일의 해변 분위기가 마음에 들었다. 주차장은 반쯤 닫혀 있고, 그냥 해변으로 걸어가기만 하면 호젓한 분위기를 즐길 수 있었다. 호젓함이라고는 건초 더미에서 바늘 찾기인 주말의 기억과는 대조적이었다. 그들은 좋은 자리를 찾아내서 파라솔을 세운 뒤 젖병을 물린 빙시를 그 아래에 눕혔다. 벳시는 헨리와 함께 기분좋게 수영을 즐긴 뒤 물에서 나와 모래밭에 누웠다. 헨리는 랜디에게 수영을 가르쳐주면서 계속 소리를 질렀다. "그래, 그렇지, 그렇게 하는 거야!" 그는 아주 기분이 좋아서 들떠 있는 것 같았다. 조금 떨어진 곳에 아주 나이가 많은 사람들이 있었다. 어찌나 나이가 많은지 수영하려고 물에 들어갔다가는 그대로 가라앉을 것 같았다. 그들은 조끼까지 완전히 갖춰 입고 모자를 쓴 차림으로 모래밭에 앉아 있었다. 한 할머니가 계속 말했다. "아유, 우리가 무슨 복으로 이렇게 좋은 날을 다 보나!" 벳시는 이것이 무슨 소리인지 알 수 없었다.

그때 랜디가 뛰어와서 헤엄치는 법을 다 배웠다고 말했다. 그래서 그녀는 물가로 내려가 랜디가 헤엄치는 모습을 지켜보았다. 부자가 모두 기뻐하는 것을 보니 그녀도 몹시 즐거웠다. 그래서 그녀는 소금물에 부력이 있으므로 그녀가 주로 수영하는 풀장보다 바다에서 헤엄치기가 더 쉽다는 사실을 말하지 않았다. 수영을 마친 뒤 그들은 샌드위치를 먹었다. 헨리는 맥주를 마시고 나서 벳시에게 키스를 하며 아주 다정하게 굴었지만 적당한 장소가 없었다. 두 사람은 사랑을 나눌 때뿐만 아니라 그런 생각을 하기만 해도 어린 랜디가 소외감으로 외로워한다는 것을 알고 있었으므로 바닷가에서 즐거워하는 아이의 기분을 망치고 싶지 않았다. 그래서 벳시는 헨리가 키스를 멈췄을 때 그의 마음을 이해했다. 랜디와 헨리는 그녀가 잊지 않고 챙겨온 소프트볼을 던지고 받는 놀이를 하며 즐거워했고, 벳시는 바닷가에 누워 소금물 냄새를 맡고 파도 소리를 들으며 즐거워했다.

그녀의 집안은 어부나 뱃사람이 아니었기 때문에 그녀가 아는 한 그녀 역시 바다와 아무런 상관이 없었지만, 바닷물과 푸른 하늘과 모래밭이 모두 아주 자연스럽게 느껴져서 마치 여기가 고향 같았다. 하지만 겨울에도 폭풍이 불어오는 바닷가 근처에서 사는 삶이 어떨지는 도저히 상상이 가지 않았다. 그녀는 지금까지 여름이 아닌 계절에는 바다를 본 적이 없었다. 그녀는 몇 번이나 바다로 나가 헤엄쳤다. 노인들이 자리를 뜬 뒤 바다를 향해 그림자가 드리우기 시작했다. 그들은 짐을 챙겼다. 바닷가에 남은 사람은 그들뿐이었고, 아기 빙시는 자고 있었다. 벳시는 수건과 샌드위치 포장지와 빙시의 기저귀를 정리하면서 텔레비전에서 본, 우주비행사가 우주로 나가는 모습을 떠올렸다. 카운트다운이 끝난 뒤 텔레비전 카메라는 바닷가에 나와 있던 사람들이 모두 샌드위치 바구니와 수건과 접의자 등을 챙겨서 주차장으로 돌아가는 모습을 보여주었다. 그녀는 사람이 달 표면을 걸어

다닌다는 생각보다 그 모습이 더 마음에 닿았음을 떠올렸다. 바닷가에 나와 있던 사람들은 거의 모두 일찌감치 집으로 돌아가 버렸다. 그녀가 보기에는 마치 이곳을 떠나라는 급한 연락을 받고 가버린 것 같았다. 바닷가가 그들의 고향이라서, 이곳을 떠나는 것은 곧 전쟁을 피해 피난을 가는 것과 마찬가지겠다는 생각도 들었다. 요즘 유독한 쓰레기 매립지 근처에 살고 있는 사람들이 떠올랐다. 그들은 새로운 집을 찾기 위해 몇 년 동안, 어쩌면 평생 동안 떠돌아다녀야 할 터였다.

"오늘 바다에 나오길 잘했어, 여보." 주차장에 도착했을 때 벳시는 헨리에게 이렇게 말하고는 그에게 입을 맞췄다. "옛날부터 바닷가로 소풍을 나오고 싶었는데, 오늘 정말 좋았어." 헨리도 그녀에게 입을 맞추며 말했다. "날씨도 아주 좋았던 것 같아. 그런데 괜찮다면 224번 도로가 나올 때까지 당신이 운전할래? 햇볕에 화상을 입은데다 눈도 피곤해서 차가 막히는 224번 도로까지 좀 쉬고 싶어서 말이야." "당신이 무슨 소리를 하는 건지 알겠어. 난 운전하는 게 좋으니까 괜찮아." 그녀가 말했다. 그래서 그는 랜디와 함께 뒷좌석에 타고, 빙시의 캐리어는 앞좌석에 놓았다.

"햇볕이 무슨 도끼처럼 날 후려친 것 같아." 헨리가 말했다. 이것이 그녀가 그에게서 들은 마지막 말이었다. 어린 랜디도 곧 잠이 들었고, 빙시는 이미 자고 있었으므로 그녀는 선장처럼 차 안에서 홀로 깨어 있었지만 그것은 기분좋은 외로움이었다. 햇볕이 도끼처럼 자신을 후려쳤다는 헨리의 말이 무슨 뜻인지 그녀도 알고 있었다. 하지만 그녀는 사랑하는 세 남자가 잠들어 있는 차를 몰고 224번 도로까지 갈 힘이 남아 있었다. 224번 도로는 6차선 또는 8차선 고속도로들이 모이는 지점이었다. 그래서 그녀는 바닷가에서 보낸 소박한 하루가 그리워졌다. 푸른 하늘과 소금물만 있는 그곳에서는 이해하기 어려운 것이 하나도 없었는데. 한곳으로 모이는 고속도로들과 점점 늘어나는 자동차들의 채찍 같은 소음 때문에 그녀는 고속도로가 중요한 자리를 차지하고 있는 현대적인 삶으로 인해 이 세상이 지닌 내재적인 아름다움 중 일부를 사람들이 빼앗긴 것은 아닌가 하는 생각이 들었다. 하지만 이것이 바보 같은 생각임은 그녀도 잘 알고 있었다. 이토록 낯설게 보이는 고속도로들이 없었다면 그들은 첼름스퍼드 해변에 결코 갈 수 없었을 것이다. 그녀는 몹시 피곤했다. 헨리를 깨우기는 싫었지만 교차로가 가까워지자 그녀가 계속 운전하면 안전을 장담할 수 없겠다는 생각이 들었다. 교차로까지 1.5~3킬로미터쯤 남은 지점에 폭이 넓어서 안전한 갓길이 있었다. 그녀는 이곳에 차를 세우고 말했다. "다들 일어나. 선장님도 잠을 좀 자야지."

어린 랜디는 꿈쩍도 하지 않았다. 벳시는 헨리가 운전대를 잡자마자 곯아떨어져서 재니스에 도착한 뒤 헨리가 깨울 때까지 계속 잤다. "햇빛이 아직 남아 있는데도 이렇게 졸렸던 적은 없는 것 같은데." 헨리가 말했다. "해가 길어져서 그런가. 침대에 눕고 싶어."

"나도 그래." 벳시가 말했다. "당신이 빙시를 집안에 데려다놨어?"

"난 빙시한테는 손도 안 댔는데." 헨리는 이렇게 말하고 나서 곧 소리를 질렀다. "맙소사, 224번 도로 갓길에 아이를 두고 왔나봐. 우리가 자리 바꿀 때 내가 캐리어를 밖에 내려놓았는데, 그러고는 그냥 온 것 같아!"

벳시는 헨리의 품에 몸을 던지고는 아무 말도 하지 않았다. 서로를 향한 사랑이 얼마나 중요한지 이때만큼 분명히 느낀 적이 없었다. 아기를 잃어버린 비극적이고 잔인한 일도 그들이 서로를 품에 안고 있는 한 견딜 수 있을 것 같았다. "경찰에 연락해." 헨리가 말했다. "난 224번으로 다시 가볼 테니. 224번 도로 북행 차선으로 들어가려면 427번 도로까지 되돌아가야 해."

"경찰에 뭐라고 말해?" 벳시가 말했다.

"224번 북행 차선 교차로 근처 336번 도로 갓길에 아기를 두고 왔다고 해."

"무슨 일이에요?" 이제 막 깨어난 랜디가 물었다. "왜 그렇게 표정이 이상해요?"

"네 동생 빙시를 잃어버렸어." 헨리가 말했다.

"죽었어요?" 랜디가 약간의 걱정과 약간의 기대를 품고 물었다.

"그럴 리가." 아이 어머니가 부드럽게 말했다. "넌 안으로 들어가서 텔레비전을 보고 있어." 그녀는 헨리에게 입을 맞춘 뒤 문의 잠금장치를 열고 랜디와 함께 집안으로 들어갔다. 그리고 경찰에 전화를 걸었다. "224번 교차로 못 미쳐 3킬로미터 지점 336번 도로 갓길에 아기를 두고 왔어요. 파란색 요람에 들어 있는 아이에요."

"납치입니까?" 순찰경관이 물었다.

"아뇨, 아니에요. 그냥 우리가 멍청했어요. 그냥 멍청했어요."

"그럼 죄송하지만 우리 관할이 아닌 것 같습니다." 순찰경관이 말했다. "교통부로 연락하세요." 그녀는 울음을 터뜨렸고, 그는 그녀에게 교통부 전화번호를 알려주었다.

환경운동가인 호러스 치솜은 같은 날 오후 늦게 336번 도로에서 남동쪽으로 운전하고 있었다. 치솜은 일 년 전까지 고등학교에서 생화학을 가르치는 교사였지만, 환경을 위태롭게 하는 요인들을 보면서 지상의 생명체들을 위협하는 환경문제를 바로잡거나, 아니면 하다못해 환경오염의 희생자가 될 우려가 있는 사람들에게 사실을 알리기 위해 할 수 있는 일을 하는 것이 자신의 사명이라는 생각을 하게 되었다. 그는 도시계획위원회 회의를 마치고 돌아가는 길이었다. 회의에서 논의된 구획 변경이 이루어지면, 쇼핑센터를 짓기 위해 1.3제곱킬로미터의 땅을 포장하게 되고 그로 인해 습지 일부가 오염될 터였다. 이 습지에서 뻗어나간 두 개의 개울은 식수원으로 흘러들었다. 하지만 주민들이 환경피해를 심각하게 인지하는 데에 십 년에서 십오 년이 걸릴 것이라는 사실이 표결 결과에 결정적인 영향을 미쳤다. 모두들 식수가 오염되어서 생명을 위협할 때쯤이면 자신들은 어딘가 다른 지역에 살고 있을 것이라고 생각하고 있음이 분명했다.

치솜은 이것이 거슬렸다. 사회 구성원들의 책임감이 점점 줄어들고 있다는 사실, 사회의 방황, 속도에 대한 의존, 기생본능이 깊은 고민을 안겨주었다. 그는 336번 도로에서 이 모든 것을 볼 수 있었다. 은둔의 삶을 살아가는 마을에도 이것과 비견되는 한계가 있다는 사실은 그의 주의를 전혀 끌지 못했다. 그는 진실로 정직하고 양심적인 사람이었지만, 아내는 그가 한번 정한 생각을 바꿀 줄 모른다며 그의 곁을 떠나버렸다. 아니, 사실은 그녀가 그에게 떠나라고 강요한 뒤, 퀸스의 집에서 두 딸과 살고 있었다. 그는 시내의 작은 아파트에서 혼자 살았다. 쫓겨난 사람은 그였지만, 정신적으로 떠난 사람은 그녀였다.

336번 도로는 운전자를 지치게 만드는 길이었지만, 방금 습지 일부를 잃어버린 환경운동가에게는 그 정도가 더 심했다. 쇼핑센터 표결 결과를 결정지은 것은 첫째, 세금감면 약속, 둘째, 순전한 무책임이었다. 사람이 어떤 식으로든 돈에 매수될 수 있다는 사실은 우울하다. 치솜은 어떻게 해야 할지 알 수 없었다. 아파트에는 그를 기다리는 것이 하나도 없었다. 여자도, 남자도, 개도, 고양이도 없었다. 자동 응답기도 비어 있을 것이고, 그가 사는 동네 역시 이름을 알 수 없는 사람들이 잠시 머물다 가는 곳으로 변해버려서 그에게 인사를 건네는 웨이터나 상점 주인이나 바텐더도 없었다. 그는 라디오를 켰지만 어느 방송을 틀어도 디스코 음악만 나오는 것 같았다. 재재작년에 마약 밀매인지 소득세 탈루인지로 폐쇄된 디스코텍에서 흘러나오던 음악. 그는 어떤 장소의 추억, 자신이 한때 이 세상 및 동료들과 더불어 최고로 창의적인 일을 해낼 수 있었음을 증명하는 어떤 증거를 찾고 있는 것 같았다. 그는 마치 강제로 떠날 수밖에 없었던 나라를 그리워하듯이 그 증거를 갈망했다.

그가 파란색 자동차를 지나친 뒤 빨간색 자동차가 그의 옆을 지나쳐갔다. 그는 밝은 회색 자동차 두 대와 갈색 승합차 한 대를 앞서갔다. 배에는 가스가 찼고 성기가 살짝 일어서 있었다.

외로움이 사무쳐서 앞차가 출구에서 나가겠다는 신호를 보냈을 때는 마치 붐비는 공항 같은 곳에서 낯선 사람이 어깨를 부드럽게 잡아준 듯한 기분이었다. 그는 주차등을 켜든지 아니면 다른 방식으로라도 그 신호에 응답하고 싶었다. 여행을 하다 만난 생면부지의 사람들이 다시는 결코 만날 일이 없다는 것을 알면서도 가끔 서로의 몸에 손을 대는 것처럼. 유목생활의 고독한 환상 속에서 그는 남자와 여자가 주로 불빛을 통해 의사를 전달하는 세계를 상상했다. 생전 처음 보는 여자가 어스름이 내리기 한 시간 전에 주차등을 켜서 나긋나긋하고 낭만적인 성격을 드러냈다는 이유로 그녀에게 청혼할 수 있는 세계.

그가 파란색 자동차를 지나친 뒤, 검은색 자동차 두 대, 갈색 승합자 한 대, 컨버터블 한 대가 그의 옆을 지나쳐갔다. 그가 속한 물리적 현실과 그가 운전중인 자동차의 현실은 난공불락이었지만, 그의 영적인 현실은 그가 한 번도 경험해보지 못한 방식으로 사라져가고 있는 것 같았다. 심지어 그는 자신의 과거와 모험들을 후회할 능력조차 잃어버린 것 같았다. 앞차에 탄 한 쌍의 연인(여자가 운전자의 귀에 혀를 찔러넣고 있었다)을 보면서 그는 질투심조차 느끼지 못했다. 그는 자신이 곧 하찮은 사람으로 변할 것 같았다. 그가 지금까지 경험한 것 중 가장 짜증스러운 듯도 한 이 고통에는 고통의 특징이 하나도 없었다. 전통적으로 연상되는 피가 낭자한 느낌이 전혀 없었다.

그는 길을 잃은 것 같았다. 확실히 길을 잃었다. 왕관도, 왕국도, 후계자와 군대도, 궁정 신하들도, 하렘도, 왕비와 함대도 잃어버렸다. 물론 그는 이런 것들을 소유한 적이 없었다. 어느 모로 보나 정서적으로 부정식한 사람이 아닌데, 왜 자신이 소유한 적도 없는 물건들을 잔인하게 빼앗긴 것 같은 생각이 드는 걸까? 그는 교회, 즉 피난처에서 내동댕이쳐진 것 같았다. 진지한 기도라고 할 만한 것에 자신을 바친 적이 한 번도 없는 주제에.

그때 갓길을 따라 자라는 덤불에서 검은딸기가 보였다. 차를 멈추고 검은딸기를 조금 먹어도 될 것 같았다. 그것만은 진정한 현실로 느껴질 터였다. 그의 어머니는 드라이브를 하러 나갈 때면 즐거이 열매를 따서 모으곤 했다. 젊은 시절의 조용한 도로들을 결코 잊어버리지 않았기 때문에 고속도로에서 열매나 제비꽃을 딸 수 있게 차를 멈춰주지 않는 남편을 끝내 이해하지 못했다. 치솜은 검은딸기를 찾고 있었다. 그가 안전하게 차를 세울 수 있을 만큼 갓길 폭이 넉넉한 곳에서 자라는 검은딸기. 그때 밝은 파란색 유아용 캐리어가 보였다. 그는 그것이 무엇인지 몰랐지만, 밝은 파란색이 그가 주의를 기울일 가치가 있는 물건이라고 선언하는 듯했다. 어쩌면 포장지나 스카프일 수 있었다. 아니면 열렬한 연인들이 내던진 옷가지일 수도 있었다. 뒤를 따라

오는 차가 없었으므로, 그는 갓길에 차를 세우고 그 밝은 파란색 물건이 무엇인지 살펴보았다. 그러다가 깨끗이 차려입은 아기가 기쁜 표정으로 손발을 버둥거리는 것을 발견하고는 이렇게 외쳤다. "넌 모세구나. 유대의 왕이야."

그가 가장 먼저 떠올린 것은 유기였다. 하지만 이렇게 깨끗하고 행복해 보이는 아기가 버림받았다고는 생각하기 힘들었다. 어쩌면 아기를 버린 이유를 적은 쪽지가 있을지도 모른다는 생각에 담요 속을 뒤져보았지만 반쯤 빈 젖병 외에는 아무것도 없었다. 아기를 덮은 이불이 깨끗한 것을 보니, 설사 아기가 버림받았다 해도 그것은 비극적인 상황에서 어쩔 수 없이 일어난 잔인한 이별 같았다. 그는 훌쩍거리는 젊은 엄마를 상상했다. 아기를 차에 태운 뒤 다음 출구로 빠져나가 경찰서를 찾아가는 게 현명한 일일 것이다. 하지만 경찰이 무심하게 고아원에 내던져버릴지도 모른다는 생각이 들자 아기를 보호하고 싶다는 부성애가 고개를 들었다. 아파트에서 아이를 기를 수 있는 형편이 아니었는데도.

그는 캐리어를 조수석에 놓은 뒤, 틈을 보다 자동차들 사이로 끼어들어갔다. 자신이 특별히 눈에 띄는 사람이 된 것 같았다. 이 도로에서 유쾌한 아기를 태우고 있는 소수의 자동차들 중에 자신의 차도 포함된 것 같았다. 다음 출구에는 '주유소·식당'이라는 표지판이 붙어 있었다. 치솜은 이 길을 선택했다. 그는 먼저 자동차 정비소에 들러 경찰서로 가는 길을 물었다. 경찰서는 눈을 가린 정의의 여신이 문 위에 새겨져 있는, 20년대의 공공건물에 있었다. 호러스는 캐리어를 양손으로 들고 있었기 때문에 문을 쉽게 열 수 없었다. 그를 도와주겠다고 나서는 사람도 없었다. 현관으로 들어가자 접수대 쪽을 가리키는 화살표가 있었다. 아마도 문제를 하소연하러 온 사람들을 위한 접수대겠지만, 그 사람들 중에 방긋거리는 아기는 거의 없을 터였다.

"336번 도로에서 이 아기를 발견했습니다." 그가 말했다. "224번으로 빠져나가기 조금 전에요."

"날 놀리는 겁니까?" 접수대의 순찰경관이 말했다. "내가 삼십칠 년째 이 일을 하고 있는데, 336번 도로에서 아기를 주웠다는 이야기는 생전 처음이네요."

"어이, 찰리." 뒤쪽에서 누군가가 외쳤다. "아기를 잃어버렸다는 신고가 들어왔어. 재니스라는 곳에 사는 계집이 336번 도로에 아기를 둔 채 깜박 잊고 그냥 왔다는 거야. 전화번호를 남겼는데, 그 계집 지금 난리도 아냐."

치솜은 기뻐서 미칠 것 같았다. 아이는 계속 목을 울리며 기분 좋은 소리를 냈고, 경찰서 직원들은 아기를 보려고 몰려왔다. 아기를 어머니에게 돌려주게 된 걸 모두들 기뻐하는 것 같았다. 사람들은 치숌이 그녀에게 전화를 걸어야 한다는 결론을 내렸다. "로건 부인?" 벳시의 목소리가 들리자 그가 물었다. "저는 호러스 치숌입니다. 부인과는 초면입니다만, 제가 336번 도로에서 부인의 아기를 발견했어요. 아기는 37번 출구 근처 경찰서에서 건강하게 잘 놀면서 엄마를 기다리고 있습니다." 벳시는 제정신이 아니었지만 마음을 진정시킨 뒤 헨리가 224번 도로 북행 차선을 타려고 남쪽으로 가고 있다면서 그의 자동차 번호를 알려주었다. 치숌은 헨리의 위치가 파악되는 즉시 그녀에게 연락해주기로 했다. 무전으로 헨리를 수배한 지 불과 십 분 만에 경찰이 그를 찾아냈다. 그래서 벳시에게 연락해준 뒤 헨리를 기다렸다. 순찰경관들은 아기에 대해 소유욕을 드러냈다. "원한다면 이제 가보셔도 됩니다." 그들이 치숌에게 말했다. "선생이 굳이 여기 계실 이유가 없으니까요. 우리가 아기를 아버지에게 인계하겠습니다." "나는 아기가 무사히 아버지를 찾는 걸 보고 싶습니다." 치숌이 말했다. 아기와 아버지의 재회를 보는 것이 그에게는 그날 오후의 중요한 일 같았다.

헨리는 경찰서로 뛰어들어와 파란색 캐리어에 있는 아기를 보고는 울음을 터뜨렸다. 그가 어린 빙시를 품에 안자 빙시가 처음으로 울기 시작했다. "정말 감사합니다." 헨리가 말했다. "우리 집사람도 저도 정말 감사드린답니다. 저희는 재니스에 살고 있는데, 혹시 내일 저희와 저녁식사를 같이하실 수 있는지요? 아내가 페투치니를 정말 잘 만듭니다. 초록색 국수인데요. 아내는 거기에 시금치를 넣어요. 우리는 재니스에 삽니다. 히칭포스트 거리에. 시내에서 차로 한 시간 거리예요."

"식사를 같이하고 싶군요." 치숌이 말했다.

"여섯시쯤 식사를 하면 어떨까요?" 헨리가 말했다. "일찍 먹는 편이 좋아서요."

다음날 오후 늦게 호러스는 아파트에서 목욕을 한 뒤 옷을 차려입었다. 자신이 아기를 주워 부모에게 돌려주었으며, 오늘밤 그들과 함께 초록색 국수를 먹을 것이라는 사실이 만족스러웠다. 그가 길을 잃은 듯한 느낌으로 고통스러워하던 그날 오후에 찾고 싶었던 건 바로 연속성인 것 같았다. 어제처럼 보기 드문 일이 다시 일어날 거라고 기대할 수는 없지만, 그래도 기분이 좋았다. 저녁식사로 만족할 수 있을 것 같았다. 달리 그가 할 수 있는 일도 별로 없었다. 그는 전에 한 번 재니스에 간 적이 있기 때문에 길을 알고 있었다. 히칭포스트 거리는 비즐리 연못에서 멀지 않았다. 그가 초인종을 울리자 헨리가 문을 열어주었다. "이쪽은 제 아내 벳시입니다." 그가 말했다. "어제 전화로 통화를 하셨죠?" 벳시가 수줍은 표정으로 그를 보며 말했다. "제가 이래도 될지 잘 모르겠지만, 꼭 이렇게 해야 될 것 같아요." 그녀가 양팔로 그를 끌어안고 그의 입술에 키스했다. "저희 집은 쉽게 찾으셨습니까?" 헨리가 물었다. "전에 재니스에 와본 적이 있어서요." 호러스가 말했다. "지금까지 가장 힘들었던 일 중 하나가 바로 비즐리 연못입니다. 요즘 그 연못의 오염 문제를 해결하려고 노력중이에요."

"옆집에 사는 살라조 씨가 쓰레기 매립을 감독하고 있어요." 벳시가 말했다.

"재미있는 이야기지만 이쯤에서 끊어야겠습니다." 헨리가 말했다. "벳시는 페투치니가 너무 익는 걸 좋아하지 않거든요. 장모님이 이탈리아인이신데, 이탈리아에서는 파스타 요리가 명실상부한 예술이라십니다." 두 사람은 벳시가 부엌에서 음식을 준비하는 동안 술을 몇 잔 마셨다. 헨리는 대화의 활력소가 된다는 문구가 붙어 있는 크래커 한 상자를 꺼내놓았다. 하지만 대화의 활력소는 필요 없었다. 아들을 되찾은 기쁨으로 그들이 호러스를 진심으로 반기고 있었기 때문이다. 페투치니 요리는 훌륭했다. 식탁에 놓인 두 개의 촛불 빛으로는 서로의 얼굴을 보기가 거의 불가능하다는 사실도 그들의 즐거운 분위기를 깨뜨리지 못했다. 식사를 마친 뒤 그들은 편안히 자리를 잡고 앉아서 즐겨 시청하는 텔레비전 프로그램을 보았다. 열한시에 프로그램이 끝나자 호러스가 작별인사를 했고, 벳시는 수줍은 표정으로 또 그에게 입을 맞췄다. 그는 다음에 비즐리 연못에 나올 일이 생기면 두 사람에게 연락하기로 약속했다. "빙시의 목숨을 구해주셔서 정말 뭐라고 감사의 인사를 드려야 할지 모르겠어요." 벳시가 말했다. "비즐리 연못을 구하기 위해 애써주세요." 호러스가 말했다.

10

시어스의 적들이 꾸민 공청회는 지난 세기에 지어진 벽돌 건물인 재니스 시청에서 열렸다. 치솜이 묘사한 그 조직의 힘을 감안할 때, 건물은 아주 소박해 보였다. 로비에는 가라테, 발레, 보습 독서 강좌 등을 광고하는 포스터가 붙어 있었다. 이것을 보고 시어스는 자기 세대의 전형적인 특징인, 납세자의 울적한 기분을 느꼈다. 엘리베이터에 '고장' 표시가 붙어 있어서 그는 유난히 가파른 계단을 통해 공청회장으로 올라갔다. 깊게 숨을 쉬면서, 즉 헉헉거리면서, 그는 건물 안에 소독약 냄새가 배어 있음을 강하게 의식했다. 사방에 강하게 배어 있는 이 냄새 때문에 동유럽의 통제사회와 그곳에서 느낀 고독이 생각났다. 그곳에서는 최고급 호텔의 로비조차도, 심지어 크렘린 궁전조차도 소독약 냄새를 풍겼다. 그는 2층 복도에 도달한 뒤 또 동유럽을 떠올렸다. 담배를 피우지 않는 사람이 없는 것 같았다. 복도에 담배 연기가 자욱해서 마치 과거를 언뜻 보고 있는 것 같았다. 이렇게 자욱한 담배 연기를 본 것이 얼마 만인지! 공청회장 안으로 들어가자 이미 오십 명가량이 모여 있었다. 그들 중 일부는, 마침 비를 피해야 하는데 이곳 말고 다른 곳에서는 전혀 환영받지 못하기 때문에 이곳에 들어와 있는 사람들 같은 표정으로 시어스를 바라보았다. 치솜은 공청회장 뒤편에서 젊은 여성과 이야기를 나누는 중이었다. 시어스는 그에게 손을 흔들어준 뒤 앞줄에 앉았다.

공청회장은 비공식적인 법정과 조금 비슷했다. 당국자들에게는 조금 높은 단상 위의 탁자가 배정되어 있었다. 아직 자리에 앉은 사람은 없었지만, 그들에게 배정된 자리에 이름표가 있었다. 치솜의 주장처럼 그들 조직의 힘이 동유럽이나 남유럽에 뿌리를 두고 있다 해도, 이름만 보고서는 그 사실을 알 수 없었다. 워낙 촌스러운 티가 나는 이름이라서 마이너리그 3루수 이름이라고 해도 될 것 같았다. 뒷골목, 호수, 수렁, 산 등의 이름이 곧 사람들의 성姓이 되던 과거의 시골에서 유래한 이름들 같았다. 치솜에 따르면 적들의 꼭두각시라던 시장의 이름은 촌시 업존이고, 그의 보좌관은 코플리 타운젠드와 해리슨 포터였다. 벽에는 턱수염을 기른 장로들을 찍은 커다란 사진 두 장이 걸려 있었다. 1832년의 대화재 이후 마을을 찍은 대형 사진도 있었다. 굴뚝 외에는 모든 것이 무너진 사진이었다. 시의 상징을 본뜬 조각품도 벽에 걸려 있었다. 강가에 정착해 살았던 녹싱크 인디언의 초상이었다. 매부리코를 지닌 인디언 전사의 초상. 머리는 사냥한 새의 깃털로 장식했고, 손에는 인디언들의 피투성이 역사를 감안할 때 예수회 신자의 팔다리를 하나쯤 자르는 데 사용했을 수도 있는 도끼를 들고 있었다. 치숌은 회의가 시작되기 몇 분 전에 시어스와 합류했다. 두 사람은 비즐리 연못 근처의 습지에서 오후를 보내고 온 참이었다.

습지에서 두 사람은 방수복을 입었다. 그렇게 힘들게 습지를 걸으면서 치숌은 실험실 검사 결과 이곳의 물에 함유되어 있다고 나온 유독물질들의 이름을 열거했다. 연못에 발효중인 배설물 같은 것이 군데군데 섬처럼 쌓여 있는 모습이 보였다. 물이 깨끗한 곳에도 고약한 것들의 흔적이 마녀의 주술 도구처럼 남아 있었다. "오염으로 인해 쥐꼬리구더기가 이곳에 생겨났습니다." 치숌이 말했다. "이 년 전이라면 이런 연못에서 헬롭델라 스타그날리스를 볼 수 없었을 겁니다. 실지렁이도 새로 등장한 생물이죠. 투비펙스 말입니다. 글로시포니아 콤플라나타도 새로 나타난 생물이고요." 그에게 기쁨을 안겨준 것은 부들개지(티파

라티폴리아)와 프라그미테스 코무니스(갈대)뿐이었다.

습지는 시어스가 보기에 전형적인 송어 시내 같은 개울로 흘러들었다. 개울물은 빙하 시대의 흔적인 바위들 위를 흘러 깊은 웅덩이들을 이루었으며, 폭이 일정하지 않았다. 중력의 힘을 따라 숲을 통과해서 저만 아는 목적지를 향해 흘러가는 개울은 사람이 예측할 수 없는 다양한 모습을 품고 있었다. 개울이 영원히 깨끗할 것 같은 환상, 음악 같은 물소리, 개울가의 초록색 식물들을 보며 시어스는 언젠가 보았던 천국의 사진들을 떠올렸다. 신성한 숲은 그가 떠올린 풍경의 일부가 아니었지만, 하얗게 떨어지는 물과 다양한 소리, 웅덩이의 고요함이 그의 깊숙한 기억과 일치했다. 그는 동굴처럼 소리가 울리고 환기가 잘 되지 않는, 수많은 성공회교회에 들어가 무릎을 꿇고 태초를 찬양했다. 계시록에 이런 개울이 눈眼으로 뒤덮인 생물들과 수정의 바다로 묘사된 것을 들은 적이 있지만, 그 자신은 그것을 그저 수원水源으로만 보았던 것 같았다.

유독물질을 열거하는 치숌의 목소리가 계속 이어졌다. 폴리염화바이페닐, 다이옥신, 클로로포름, 토로비벤, 클로레스테미, 무스틴, 트락손. 습지에서 예쁜 개울까지 가는 동안 그는 이런 화학물질들이 일으키는 질병의 이름도 열거했다. 구루병, 실명, 뇌종양, 발기부전, 불임. 하지만 미체빌의 여성들이 인간이라기보다 개와 더 흡사한 아이들을 유산한 것에 비하면 이런 병은 아무 것도 아니었다.

가끔 개울물 소리가 치솜의 목소리보다 커졌다. 숲속의 송어 시내, 쉽게 물을 구할 수 있는 이런 개울은 시어스가 보기에 우리의 영적인 자아와 육체적인 자아 사이의 신비로운 심연을 가로지르는 다리 같았다. 자신이 오염되었을까봐 걱정하고 당황한 것이 어찌나 경멸스럽던지. 젊었을 때는 개울들이 인간과 천사의 언어로 자신에게 말을 거는 것 같았다. 그런데 대여섯 개 언어를 구사하는(모두 형편없는 실력이었다) 늙은이가 되고 보니 물소리가 모국어 같았다. 태어나기 전에 쓰던 언어. 부드럽다가 커지고, 높았다가 다시 낮아지는 물소리를 듣다보니 파티장이 아닌 다른 방에서 남들의 말을 엿듣고 있던 때가 떠올랐다.

우연히 엿듣게 된 다른 목소리들도 기억났다. 그가 참전했던 어느 전쟁의 말미에 부대 재배치인지 이동인지를 하루나 이틀 정도 기다리고 있을 때 낯선 도시의 어느 방에서 들었던 목소리. 그때 그는 잠을 이루지 못해서 낯선 도시의 소리를 들으려고 창가로 갔다가 대신 근처 창문에서 들려오는 어떤 여자의 목소리를 들었다. 꽤나 선명한 그 목소리는 고통으로 약해져 있었지만 호소력이 강했다. "이젠 내가 나 같지 않아요, 찰리. 이젠 내가 나 같지 않아." 그녀가 말했다. 시어스의 기억에 이 목소리와는 아주 달랐던 또다른 목소리도 있었다. 로마의 어떤 궁전에 손님으로 머무르며 테라스가 있는 방에서 목욕을 한 뒤 수건으로 몸을 닦으며 전망을 구경하려고 테라스로 나갔을 때였다. 석양빛을 받은 구름 같은 제비 떼들, 지붕의 틈과 구멍마다 기운차게 자라나는 풀과 잡초와 꽃, 교회 뾰족탑이 있는 진짜한 로마의 풍경이었다. 그때 지붕들 건너편에서 어떤 남자의 고함소리가 들렸다. "난 네 마티니에 내 물건을 박을 생각 없어." 그는 이렇게 말하고 나서 문을 쾅 닫았다. 그러고 나서 여자의 웃음소리가 들렸지만, 시어스는 그것이 기쁨의 웃음인지 쓴웃음인지 알 수 없었다. 그런데 조금 전 오후에 개울의 목소리를 듣고 있을 때도 남의 말을 엿듣는 듯한 기분이 들었다.

"저 사람이 시장입니다. 회색 양복을 입은 사람." 치솜이 말했다. "놈들 중에서도 최악이에요. 다른 사람들은 시장의 지시라면 무슨 짓이든 할 겁니다. 우리 적들이 갖고 있는 것은 바로 거액의 돈입니다. 우리가 보류 명령을 얻어낼 때까지 놈들은 비즐리 연못에서 매일 1만 2천 내지 1만 4천 달러를 거둬들였어요. 그런데 그 명령의 시효가 자정에 끝납니다." 시어스는 시장을 바라보았다. 빛을 얼마나 담을 수 있는지를 기준으로 사람들의 얼굴을 평가할 수 있을 것 같았다. 시장의 얼굴에는 빛이 없을 뿐만 아니라 나중에라도 빛이 생기리라는 가능성조차 없어서 그는 사람이 사람에게 보여주는 비인간적인 측면을 떠올리고 씁쓸해졌다. 물론 그에게는 낯선 사람들의 얼굴을 판단할 능력이 없고 그러고 싶은 생각도 없지만, 세계 어느 도시에서든 그는 거리를 걷다가 낯선 사람들의 얼굴에 어떤 빛이 드러나 있는지 살펴보곤 했다. 시어스는 개회가 선언되었을 때 시장과 그 일행의 얼굴에서 빛을 찾아보았다. 탁자 왼편에 미국 국기가 걸려 있었지만 회의는 국기에 대한 맹세가 아니라 국가 제창으로 시작되었다. 녹음테이프에 담긴 소프라노의 목소리가 사람들을 이끌었다. 시어스는 이런 광경을 한 번도 본 적이 없었다. 하기야 이런 모임에 참석한 적도 없었다.

시어스는 시장의 양복이 비싸 보이기는 하지만 그의 몸에 비해 한 치수쯤 큰 것 같다는 사실을 자연스럽게 알아차렸다. 혹시 친구가 준 양복인가? 시어스는 시장에게 친구가 없으리라고 확신했기 때문에 그럴 것 같지 않았다. 그는 또한 시장이 진실을 말할 때는 상당히 단도직입적이지만 거짓말을 할 때는 왼손 손톱을 바라본다는 사실을 알아차렸다. 그것은 시어스가 은행가들에게서 자주 본 버릇이었다. "비즐리 연못과 그 주변의 땅은……" 시장이 말했다. "일 년 반 전에 도시계획위원회가 매입해서 쓰레기 매립지로 지정했습니다. 위험 폐기물 문제를 다루기 위해 주지사님이 엄선한 인물들로 만든 위원회도 그 결정을 승인했고요. 참전용사위원회는……" 그는 손톱을 향해 말을 이었다. "순전히 잊힌 전사자들을 위한 기념물을 짓겠다는 목적으로 그 땅을 매입했습니다. 무턱대고 입지를 선택한 것이 아닙니다. 우리는 위험 폐기물 시설에 적용하는 엄격한 기준을 이용했으며, 인구밀도도 이상적입니다. 물도 적당합니다. 흙은 훌륭한 기반암 덕분에 단단합니다." 그는 왼손을 약간 삐뚜름하게 들고 다시 손톱을 향해 말했다. "철저한 검사 결과 유독성이 위험 수준이 전혀 아니라는 사실이 증명되었습니다."

"발언권을 요청합니다." 치숌이 일어서서 말했다. "저는 이 공청회나 시장님의 말씀에 전혀 반대하지 않습니다만, 저희 쪽 검사 결과가 나올 때까지 공청회를 연기할 것을 제안해도 되겠습니까?"

"우선 내 말을 끝까지 들으세요." 시장이 말했다. "오늘 공청회는 순전히 공산주의의 영향을 받은 환경운동가들의 비위를 맞추기 위해 마련된 형식적인 자리입니다. 그 사람들을 부추기는 사람은 어떤 노신사죠. 비즐리 연못은 미국적 사고방식의 주류와 같습니다. 인간의 본성과 조화를 이루고 있어요. 비즐리 연못을 더 좋은 곳으로 만들려는 우리의 계획에 끼어드는 것은 인류의 에너지와 지구의 에너지가 결합해서 결실을 맺는 일을 방해하는 행위입니다. 정부의 개입을 통제하려 애쓰다보면 이 자연스러운 결합이 자연스러운 에너지를 얼마간 잃게 될 것이고, 세금을 먹는 관료들에게 휘둘려 마비될 겁니다. 비즐리 연못을 더 좋은 곳으로 만들려는 우리의 계획은 경제는 물론이고 이 훌륭한 나라를 더 훌륭하게 만들어주는 자유로운 기업정신의 아주 훌륭한 예입니다."

"재니스 소개疏開 계획을 우리 모두 알고 있습니다." 치솝처럼 발언권을 요청하지 않은 남자가 일어서서 문서를 읽었다. 그는 키가 크고 머리가 희끗희끗했으며, 얼굴은 시어스가 보기에 간헐적인 빛을 품고 있었다.

"아까 오늘 회의가 형식적인 자리라고 말했습니다." 시장이 말했다. "우리는 소개 계획과 아무런 상관이 없습니다."

"소개 계획은 나날이 긴급한 문제가 되고 있지만, 저는 딱 한 가지 문제점만 지적하겠습니다." 남자가 말했다. "납세자로서 우리는 이 소개 계획의 비용을 지불하고 있으므로 오늘 납세자로서 이 자리에 모여 그 문제를 토론할 자격이 있습니다."

"그것은 비즐리 연못과 상관없는 문제입니다."

"시장님이 말씀하신 위험폐기물위원회가 물속에 폭발성 오염물질이 함유되어 있을 가능성을 인정했습니다. 이로 인해 재니스는 B급 위험지역이 될 수 있으므로, 확실히 비즐리 연못과 관계가 있습니다. 하지만 말씀드렸다시피 저는 소개 계획의 딱 한

부분에만 관심이 있습니다. 상공회의소, 여성유권자연맹, 재니스를 걱정하는 시민모임이 모두 재소자와 장애인을 유기하는 것에 반대한다는 뜻을 표명했으며, 소개 계획은 재니스의 지형, 막다른 길, 화재위험이 높은 건물, 절벽 등에 대한 전반적인 무지를 드러내고 있습니다. 제가 항의하고 싶은 것은 18조 F절입니다. 이 절은 정해진 소집 날짜에 정해진 소개 지점에 모이는 것을 제외한 모든 회합을 엄격히 금지하고 있습니다. 발암물질이 공기중에 방출되는 경우 주민들이 흩어져 있으면 피해규모가 적어질 것이라는 이유 때문인데요, 이 조항에 대해 알고 계십니까?"

"물론입니다." 시장은 방어적인 태도를 취했다. "물론이에요."

"소개 계획에 따르면, 최상의 조건에서도 주민들 중 겨우 20퍼센트만 구출할 수 있습니다. 우리 중에 그렇게 많은 사람들이 죽어야 한다면, 예배당 같은 곳에 모여서 내세를 위해 기도할 수 있게 허락해주어야 할 것 같은데요."

"선생은 누구십니까?" 시장이 물었다.

"저는 328번 도로에 있는 제일 유니테리언 교회의 목사입니다. 이웃의 다른 목사님들도 저와 같은 의견입니다."

"이 훌륭한 나라의 국민들이 교회 헌금보다 아침식사용 음식에 무려 열네 배나 많은 돈을 쓴다는 사실을 아십니까?" 시장이 강경하게 말했다. "교회의 시장성은 거의 육 년 전 성직자 한 분이 디카페인 커피를 승인하고 팔 개월 만에 그 회사가 파산했을 때 함께 폭발해버렸습니다. 이 나라의 국민소득 중 교회 헌금으로 들어가는 돈이 얼마나 적은지 보여주는 사례를 저는 얼마든지 들 수 있습니다. 예를 들어 포르노 관련 도구들도 그렇지요. 하지만 저는 우리가 교회 헌금보다 아침식사에 무려 열네 배나 많은 돈을 쓴다는 말만 하겠습니다."

목사가 자리에 앉았다. 울고 있는 것 같았다. 치숌이 다시 발언권을 신청했다.

"내 말은 아직 끝나지 않았습니다." 시장이 말했다. "아까 오늘 회의를 특별조치라고 했는데, 이 자리에 나온 분들은 전부 말썽꾼들인 것 같군요. 저도 우연히 알게 되었습니다만, 치숌 씨는 이 위대한 나라의 군대에 복무한 적이 없더군요. 그러니 나라를 위해 목숨을 바친 분들을 위해 기념관을 짓고 싶다는 우리의 소망을 당연히 이해하지 못할 겁니다. 선생은 비즐리 연못을 매립하는 데 사용한 재료들이 침출수와 오염물질로 구성되어 있음을 증명하고 싶어하지요? 제 부친은 북부의 정직한 어부였습니다. 군인이기도 했지요. 애국자셨고요. 교회에도 열심히 다니셨고, 사랑스럽고 행복한 아내의 남편이자 건강하고 사회적으로 성공한 일곱 자녀의 아버지셨습니다. 그런데 제가 아버지께 침출수나 오염물질에 관한 이야기를 하면, 아버지는 제게 그것이 영어냐고 물어보실 겁니다. '여기는 미합중국이야. 그러니 알아듣기 쉽게 영어로 이야기해라.' 침출수나 오염물질이라는 단어는 외국어처럼 들립니다. 비즐리 연못을 더 좋게 만들려는 우리 계획에 정부를 개입시키는 것도 외국 정부들이나 하는 일 같고요."

"저는 공청회 연기를 요청하고 싶습니다." 치솜이 최대한 정중하게 말했다. "저희가 제출한 표본들을 마스턴연구소에서 검사중입니다. 목요일까지 보고서를 보내오겠다고 약속했습니다."

치솜이 발언하는 동안 시장은 위원 세 명과 의견을 나눴다. 치솜의 발언이 끝나자 시장이 말했다. "위원회 다수결로 선생의 요청이 거부되었습니다. 하지만 회의를 끝내기 전에 제가 갖고 있는 편지를 읽어드리고 싶습니다. 선생을 고용한 레뮤얼 시어스 씨가 작년 2월 29일에 쓴 편지로, 다음날 신문에 게재되었습니다. 제목은 '신성한 것은 없나'입니다.

시어스 씨는 이렇게 썼습니다. '나는 주말에 비즐리 연못에서 스케이트를 타곤 했다. 남녀노소를 막론하고 오십여 명의 다양한 사람들이 몇 시간 동안 즐겁게 스케이트를 타면서 현대세계의 복잡한 고민거리들에 맞설 수 있을 만큼 크게 기운을 얻는 것처럼 보였다. 호모사피엔스와 원시인류 사이의 우월성 경쟁에서 스케이트 또는 셰이트가 전환점이 되었다는, 고생물학자 가드너의 주장은 거짓으로 판명되었지만, 우리가 스케이트를 타면서 마치 원시 시대의 기억인 듯 보이는 속도감을 즐기는 것은 사실 아닌가? 지난 일요일 나는 스케이트를 들고 연못을 찾았으나 연못이 매립지로 지정되어 쓰레기 더미로 변해버린 것을 발견했다. 맨 위에는 개의 시체가 놓여 있었다. 이 세상에 순수는 거의 남아 있지 않지만, 스케이팅이라는 순수는 보호하자.' 이것이 선생이 쓴 편지지요, 시어스 씨?"

"그렇습니다." 시어스가 말했다.

"한편에는 자유를 위해 목숨을 희생한 사랑하는 아들들과 남편들을 추모하고 싶어하는 성숙하고 사려 깊은 시민들의 슬픔이 있고, 다른 한편에는 바로 이 편지가 있습니다. 오늘 공청회는 여기까지입니다."

목사를 포함한 거의 모든 사람들이 경멸의 시선으로 시어스를 바라보았다. "저 편지에 대해 잊고 있었소." 그가 치솜에게 말했다. "저쪽도 잊었다면 좋을 텐데요." 치솜이 말했다. 벳시 로건이 다가오자 치솜이 시어스에게 그녀를 소개했다. 그녀는 문제의 편지 때문에 이미 그에 대해 편견을 갖고 있음이 분명했다. "시 위원회가 우리에게 공청회를 한번 더 허락해줄지 모릅니다." 치솜이 말했다. "실험실 검사 결과가 심각하다면요. 희망을 잃기에는 아직 너무 이릅니다. 지방 검사 쪽을 한번 뚫어볼 수도 있어요. 아마 지방 검사는 우리에게 주지사위원회를 찾아가보라고 할 테고, 주지사는 선거자금을 기부해줄 사람을 바라고 있겠지만요.” 그들은 거의 맨 마지막으로 회의장을 나와 가파른 계단을 내려갔다. 벳시는 치솜에게 입을 맞추며 인사한 뒤 두 사람과 헤어졌다. “실험실 검사 결과가 나오는 대로 연락드리겠습니다.” 치솜이 시어스에게 말했다. 두 사람이 보도에 서서 악수를 나눈 뒤, 치솜은 길을 건너려고 도로로 내려섰다. 순간 이중주차되어 있던 자동차 한 대가 헤드라이트도 켜지 않은 채 고속으로 달려와 치솜을 강타했고 그는 그 자리에서 숨을 거뒀다.

11

몇 시간 뒤 사랑 노래가 흐르는 바이브라이트에서 벳시는 카트를 하나 빼내서 입구로 들어서면 가장 먼저 보이는 과일과 야채 진열대를 지나갔다. 자정이 훨씬 지난 시각이었다. 음악 소리가 아주 희미해서 정확히 무슨 곡인지 알 수 없었지만 그것이 사랑 노래라는 것은 분명히 알 수 있었다. 미련이 남은 것처럼 오르락내리락 이어지는 멜로디가 다른 것일 리 없었다. 벳시는 이 사랑 노래에 맞춰 카트를 밀었다. 광대한 마트 내부는 거의 텅 비어 있었지만, 빛이 사방에 흘러넘쳤다. 그녀는 슬픔과 복수심에 잠겨 있었다. 치숌은 그녀의 아들을 구해주었다. 그가 너무나 그리웠다. 세상 사람들도 남을 도우려고 애쓰던 그 순수한 사람을 그리워할 것 같았다. 그녀의 카트에는 물건이 하나도 담겨 있지 않았지만, 그녀의 비옷 주머니에는 데리야키소스 한 병이 들어 있었다. 그녀는 일가족을 거뜬히 죽일 수 있을 만한 분량의 개미용 살충제를 소스에 집어넣고, '비즐리 연못을 오염시키는 행위를 중단하지 않으면, 바이브라이트 점포 스물여덟 곳의 식품에 모두 독을 집어넣겠다'는 문구를 붙여두었다. 남편과 아들들이 자는 동안 신문에서 오려낸 단어들로 만든 문구였다.

벳시는 양념류 진열대로 향했다. 그녀가 마리아 살라조와 싸웠던 그 비 오는 날 오후에 정확히 어느 진열대에서 이 데리야키소스를 꺼냈는지 잘 기억나지 않았다. 그녀는 카트를 밀며 양념류 진열대 앞을 몇 번이나 지나갔다. 무엇이든 찾으려는 물건을 쉽사리 찾지 못할 때가 있음을 그녀도 알고 있었다. 자기 인생의 진정한 갈림길이 될 순간에 진열된 물건들의 라벨, 가격, 상표 등을 살핀 적이 몇 번이나 있겠는가. 자신이 원하는 물건을 찾지 못했음을 확인할 때마다 그녀는 안경이나 열쇠 따위를 찾아달라고 하며 사람들의 전화번호와 주소와 이름을 자꾸 잊어버린다고 한탄하는 숙모님들과 할머니들의 목소리가 합창처럼 들리는 듯했다. 데리야키소스는 도대체 어디 있는 거지? 그녀는 그 제품이 단종되었거나 품절되었을지도 모른다는 생각에 불안해졌다. 누군가가 그녀를 붙들고 주머니에 있는 소스 병을 찾아낸 뒤 동네에 독을 풀겠다고 협박한 혐의로 감옥에 보낼지도 모른다는 걱정은 물론 터무니없는 것이었지만, 그래도 마음속에 선명하게 살아 있었다.

그녀는 양념류 진열대에서 소스와 조미료 진열대로 갔다. 이렇게 물건이 많다는 사실을 그녀는 까맣게 잊고 있었다. 이국적인 소스들이 눈에 띄자 희망이 살아난 그녀는 곧 빵류와 유제품 진열대 사이에 동양 식품 코너가 있다는 사실을 기억해냈다. 그곳에 데리야키소스가 있었다. 그녀는 독이 든 자신의 소스 병을 남의 눈에 잘 띄게 옆으로 눕혀두었다. 그리고 누구에게도 얼굴을 들키지 않은 채 밖으로 나갔다. 그녀는 헨리와 함께 잠자리에 들었지만 너무 흥분해서 잠들 수 없었다. 체포될지 모른다는 두려움 때문에 잠이 오지 않는 것 같았지만, 그녀가 놓아둔 병과 거기에 붙여둔 문구는 아침에나 발견될 터였다. 전 세계 언론사들이 그 소식을 전할 것이다. 슈퍼마켓이 현대생활의 중요한 한 축이기 때문이다. 그러니 러시아와 동양을 포함한 전 세계에 그 소식이 기사로 알려질 것이고, 그러면 비즐리 연못에 쓰레기를 매립하는 행위를 즉시 멈출 것이다.

하지만 그런 일은 일어나지 않았다. 석간신문에서 가장 중요한 기사는 경찰서장의 아내가 보았다는 미확인 비행 물체와 고등학교에서 발생한 기물 파손 사건에 관한 것이었다. 만족감을 안겨주는 일들이 인생에 그토록 많았는데 그녀가 왜 그 일을 계속하려 했는지는 수수께끼다. 헨리와 아이들을 향한 그녀의 사랑은 완전했으므로, 죽음마저 기쁘게 초월할 것 같았다. 하지만 그 너머에는 보답받지 못한 우울 또는 열정이 있었다. 여자들 중에는 운명이나 소명을 향한 그리움이 모든 종류의 만족감보다 더 앞서는 사람들이 있는데, 그녀도 그중 하나였다. 그것은 불치병 같았다. 다음날 그녀는 다른 소스를 사서 독을 주입한 뒤, 헨리가 자는 동안 또 문구를 작성해 바이브라이트로 갔다. 그녀가 지난번에 놓아둔 소스 병은 사라지고 없었다. 그녀는 새로 가져온 병을 선반에 놓은 뒤 플로틸러를 하나 사서 집으로 돌아왔다. "어디 갔다 왔어, 여보?" 침대로 돌아온 그녀에게 헨리가 물었다. "내 사랑, 어디 있었어?" "잠이 안 와서 책을 좀 읽었어." 그녀가 말했다.

석간신문에는 여전히 일반적인 이득과 손실에 관한 소식 외에 아무것도 실리지 않았다. 다음날 벳시는 또다른 소스 병에 독을 주입해서, 헨리가 자는 동안 가게로 갔다. 그녀가 돌아왔을 때 헨리는 잠에서 깨어 화를 내고 있었다. "어디 있었어? 도대체 어딜 갔다 온 거야? 아래층에서 책을 읽은 게 아니잖아. 내가 다 찾아봤어." 그녀는 그를 달래서(그는 정말이지 상냥한 남자였다) 잠자리에 들었다. 다음날 석간신문에서 그녀는 자신의 노력이 성공을 거뒀음을 알게 되었다. '중독된 일가족, 증세 호전'이라는 제목의 기사였다. "독이 든 데리야키소스 때문에 쓰러진 그리말도 일가가 재니스 병원에서 만족스러운 회복세를 보이고 있는 것으로 알려졌다. 데리야키소스에 독을 넣은 범인은 비즐리 연못을 오염시키는 행위가 중단될 때까지 모든 바이브라이트 점포의 식품에 독을 넣겠다고 협박했다." 이번에는 이 소식이 전 세계에 퍼졌고, 비즐리 연못의 쓰레기 매립이 즉시 중단되었다.

시어스의 업무상 지인들은 그의 성공을 존중해주었지만, 그를 개인적으로 잘 아는 사람들, 예를 들어 그와 함께 브리지 게임을 하는 사람들은 그를 엄청나게 똑똑한 사람으로는 생각하지 않았다. 하지만 그는 사람들에게 신뢰받고 있었으므로, 비즐리 연못의 쓰레기 매립이 중지되었다는 사실을 알자마자 비즐리 재단을 설립했다. 이를 위해 변호사들과 몇 시간 동안 지치도록 일을 해야 했으므로, 그가 지금까지 해낸 일들, 또는 그의 표현처럼, 지금까지 완성되는 것을 본 일들 중에서 가장 어려운 축에 속했다. 재단의 재정은 컴퓨터 컨테이너 침입 시스템의 클리블랜드 지사에서 나온 자산이 바탕이 되었다. 이 재단은 나중에 조세 피난처의 지위를 갖고, 트리플 A등급의 단기채권을 발행하는 지주회사가 되었다.

연못의 3분의 1만이 매립되었으므로, 쓰레기로 더러워진 부분을 준설한 뒤 물에서 유독성분을 빼내고 수질을 개선하기 위해 혁신적인 통기 시스템이 설치되었다. 이 글을 쓰던 당시, 이 나라의 큰 강들, 대형 호수나 습지 대부분이 심각한 위험에 처해 있었다. 다른 나라의 전문가들이 이 시스템을 평가하러 왔을 때 시어스는 가끔 그들과 합류해서 안내인 역할을 했다. 그가 전문용어를 쓰는 수준은 마치 다른 나라 말을 하는 관광객 같았다. "쓰레기 매립이 중단된 뒤, 우리는 부영양화라는 문제에 직면했습니다. 부영양화의 최종 결과는 습지 또는 수렁이지요. 이 습지도 점점 말라붙어서 물이 없어지고 유기물만 바닥에 깔리게 됩니다. 역사적으로 호수의 부영양화와 부패에는 수만 년이 걸렸지만, 인공적인 오염물질과 침출수가 늘어나면서 순식간에 이루어질 수 있게 되었습니다." 시어스는 비즐리 연못의 부활이 자신에게 약간의 겸손을 가르쳐주었다고 생각하며 좋아했지만, 그의 겸손은 그리 겉으로 드러나지 않았다. 개울을 건널 때 외부에서 온 전문가가 그를 도우려고 하자 그는 이렇게 말했다. "고맙지만 사양하겠습니다. 나는 대학 시절 미식축구를 할 때 매던 허리띠를 아직도 사용하고 있어요."

아름다운 풍경도 복원되었다. 특별히 눈에 띄는 풍경이라고 할 수는 없었지만, 1세기 전이라면 에덴동산의 배경 역할을 할 수도 있었을 것이다. 벌거벗은 여신들과 사티로스들을 조금 덧

붙인다면 심지어 엘레우시스의 벌판*이라고 해도 될 것 같았다. "우리가 가장 먼저 생각해낸 방법은 바닥의 물을 수면까지 끌어올리는 것이었습니다. 그러면 물이 산소를 흡수할 수 있으니까요." 시어스가 말했다. "쓰레기 매립은 유독성분뿐만 아니라 영양성분이 있는 화학물질들도 물속에 던져넣었습니다. 이로 인해 물풀과 잡초가 늘어났지요. 바닥에는 산소가 전혀 없으므로, 무산소 환경이 조성되어 있었습니다. 황화수소가 배출되고, 망간, 철, 인산염이 연못 바닥의 흙에서 녹아나왔습니다. 유기산이 만들어져서 물의 pH 수치가 내려갔고요. 이로 인해 갑각류를 비롯한 여러 생물들이 모조리 죽어버리면서 연못의 생명주기가 끝났습니다.

맨 밑바닥의 물을 수면으로 끌어올리는 방법은 소규모 인공호수에서는 효과를 발휘했지만, 이를 위해서는 물의 단위량당 상당한 동력이 필요했습니다. 따라서 새로운 방법을 생각해야 했습니다. 동력 효율을 높일 필요가 있었죠. 같은 힘으로 과거의 낡은 기술보다는 열 배 내지 천 배의 물을 움직일 수 있어야 했습니다. 기포발생량도 줄여야 했습니다. 기포발생량을 1fps** 이

---

* 그리스 아티카 지방 연안에 있는 도시. 그리스 신화의 여신 데메테르와 그의 딸 페르세포네의 성지로, 로마 시대까지 매년 비밀스러운 의식이 치러졌다.

** 초당 피트.

하로 줄일 수 있다면 거센 물살이 사라지고 층류 상승효과가 생길 겁니다. 기포의 크기 역시 줄여야 했습니다. 연못 밑바닥의 작은 기포들에 공기가 주입되면 산소가 빨리 녹고 층류 상승효과가 생겨날 뿐만 아니라, 상하순환이 지속적으로 이루어져 아래쪽의 차가운 물이 표면으로 퍼질 겁니다. 그러면 수질 악화를 예방할 수 있습니다.

우리 전문가들은 구경이 작은 플라스틱 파이프를 개발했습니다. 직선 파이프에 작은 구멍들이 뚫린 형태였습니다. 사무실에 가면 이 파이프를 보실 수 있습니다. 설치하기 쉽고, 비용도 적당하고, 작은 기포를 형성할 수 있게 만들어진 파이프입니다. 우리는 밸브가 달린 이 폴리에틸렌 파이프 1.4킬로미터를 깔았습니다. 구멍이 뚫린 쪽 반대편의 두꺼운 파이프 벽에 납선을 끊어지지 않게 파묻었으므로 이 파이프를 영원히 쓸 수 있게 되었습니다. 파이프의 구경은 1.27센티미터입니다. 다이성형으로 만든 역행방지판인 구멍들의 크기와 간격은 물의 깊이와 바람직한 순환속도에 맞게 설계되었습니다. 비즐리 연못의 수질이 많이 악화되었는데도 파이프에 묻어둔 납선의 무게가 물보다 더 무거웠습니다. 우리는 2.7킬로미터의 중량 공급 파이프를 이용해서 이 파이프를 0.75마력 컴프레서 아홉 대와 연결했습니다. 송풍기들이 4.4cfm* 30psi**로 공급해주는 공기가 3억 갤런을 상회하는 물을 지속적으로 섞고 뒤집었습니다. 우리는 기계적인 문제에 대비해서 보조 송풍기 두 대를 준비해두었습니다. 어류의 대량 폐사는 3분의 2가 줄어들었고, 지난달에는 네 개 층에서 검사를 실시했습니다. 그 결과 수온은 화씨 84도, 산소용해도는 모든 층에서 7~9mgl로 나타났습니다. 일 년 전 이곳의 물은 독이었습니다. 하지만 지금은 음용수로도 쓰일 수 있습니다." 시어스의 말 속에는 사랑을 향한 탐색과 마실 수 있는 물을 향한 탐색에서 똑같은 점을 발견했다는 사실에서 우러나온 열정이 배어 있었다. 자신의 음탕함이 심한 오염원이었다는 그의 믿음을 비즐리 연못의 맑은 물이 그의 의식에서 깨끗이 닦아준 것 같았다.

방문객들은 컴프레서와 파이프 그림을 보기 위해 사무실로 향했다. 시어스는 연못가를 돌아 개울이 시작되는 지점까지 걸어갔다. 그리고 이곳에서 조금 자라고 있는 박하의 이파리 하나를 손가락으로 뜯었다. 초여름이었지만 햇볕이 뜨거웠다. 물소리와 뜯어낸 이파리 때문에 그는 르네와 함께했던 어느 날 아침이 떠올랐다. 이른 시간이었다. 처음으로 빛이 비치는 시간. 그의 품안에 누워 있는 그녀에게서는 어젯밤의 향수 냄새와 그녀 자

* 분당 입방피트.

** 평방인치당 파운드.

신의 유한한 생명 냄새가 났다. 그녀의 어제를 알리는 냄새. 검은색으로 염색한 속눈썹이 금발과 대조를 이루었다. 상당히 인위적인 느낌이 났다. 그녀의 가슴은 이제 젊은 시절의 아름다움을 갖고 있지 못했다. 그녀가 가슴 크기 때문에 고민한다는 사실을 그는 알고 있었다. 귀엽다는 생각이 들었다. 그녀의 머리카락은 길지 않았지만, 그래도 묶어두어야 할 정도는 되었다. 전날 밤 그녀는 머리를 쓸어올려서(그는 그녀의 동작을 쉽게 떠올릴 수 있었다) 황금색 핀으로 고정해두었다. 그녀가 머리를 정리하는 모습을 그가 직접 보지는 못했지만, 지금은 그 황금색 핀과 거기에 묶여 있던 머리카락, 그리고 핀에서 도망친 머리카락 몇 가닥이 눈에 선히 보였다. 그는 그녀의 사랑스러운 목에 입을 맞추고, 매끄러운 등을 어루만지고, 사랑의 커다란 기쁨에 푹 빠진 것 같았다. 그런데 그에게는 약간 서투른 부분이 있었다. 마치 무거운 트렁크를 들고 중간에 휘어진 부분이 있는 계단을 올라가는 것 같았다.

그날 아침 하늘은 맑았다. 비록 그가 보지는 못했지만 아직 별들이 떠 있었을 가능성도 있었다. 별을 생각하니 그의 감정이 더욱 강렬해졌다. 그의 마음을 움직인 것은 주변 세상에 대한 감각, 비록 불완전할지언정 우리가 자연에 대해 알고 있는 것, 그 세상이 우리의 과거와 미래를 아주 조금 손에 쥐고 있다는 감각이었다. 우리가 이 지상에 살아 있다는, 그 강렬하기 짝이 없는 감각이었다. 신이 창조하신 이 방대한 세상에서 우리에게 이토록 풍부한 기회가 있다는 것이 정말로 엄청난 일이라는, 그 강렬하기 짝이 없는 감각이었다. 그때 그가 느낀 것은 최고의 특권, 즉 이곳에 살면서 사랑으로 자신을 새롭게 하는 것이 커다란 혜택이라는 사실이었다. 이 얼마나 천국 같은가!

살라조 일가는 고기를 굽는 숯불 화로와 바람을 넣어 부풀리는 수영장을 챙겨서 사라져버렸다. 벳시는 자신이 독을 풀겠다고 위협했다는 사실을 헨리에게만 털어놓았지만, 그것도 어느 정도 시간이 흐른 뒤였다. 하지만 여러분은 진짜 범죄자들과 악당들이 어떻게 됐는지 궁금할지 모른다. 고귀한 정신을 지닌 환경운동가를 살해하고, 주민들의 복지를 책임지는 사람들을 유혹하고 매수해서 타락시킨 자들. 이런 비열한 자들을 고발하지 않는다면, 태만으로 인한 공모죄를 짓는 것 같은 기분이 들지 모른다. 하지만 그것은 또다른 이야기이다. 내가 맨 앞에서 말했듯이, 이것은 비 오는 밤 낡은 집에서 침대에 앉아 읽는 이야기일 뿐이다.

존 치버 연보

1912년 1912년 5월 27일 매사추세츠 주 퀸시에서 존 윌리엄 치버(이하 치버) 출생. 부모는 프레더릭 링컨 치버와 메리 릴리 치버. 아버지가 신발공장을 운영하는 성공한 사업가였기 때문에 치버는 울러스턴의 상류층 거주지에서 유복한 유년을 보냈다. 그러나 신발사업이 쇠락하기 시작하자, 아버지는 술을 마셔대기 시작했다. 어머니는 부채를 갚기 위해 퀸시의 번화가에서 선물가게를 열었다. 어머니가 생계를 책임지는 모습은 어린 치버에게 모욕감을 느끼게 했다.

1926년(14세) 사립학교 세이어 아카데미에 입학하다. 그러나 답답한 분위기에 싫증을 느꼈고, 학업 성적도 좋지 않았다.

1928년(16세) 퀸시 고등학교로 전학하다.

1929년(17세) 〈보스턴 헤럴드〉가 후원하는 단편소설 공모에 입상하다. 세이어 아카데미에서 그를 특별한 재능을 지닌 학생으로 여기고 불러들이다. 그러나 성적은 여전히 좋지 않았고, 흡연과 교장이 내건 마지막 경고를 깨뜨려 퇴학당한다.

1930년(18세) 세이어 아카데미에서 제적당한 경험을 냉소적인 문체로 쓴 단편 「추방」을 〈뉴 리퍼블릭〉에 발표하다. 이즈음 가족의 경제적 어려움으로 대학을 중퇴하고 돌아온 형 프레드를 만나다. 치버는 이때를 가장 심각하고 고통스러운 시절로 회고했다.

1932년(20세) 아버지가 투자했던 회사의 부도로 가정형편이 더욱 어려워지자, 형 프레드와 보스턴 비컨힐의 한 아파트에서 함께 살다.

1933년(21세) 뉴욕의 새러토가스프링스의 예술인 마을 '야도'의 책임자 엘리자베스 에임스에게 편지를 쓰다. 에임스는 그해에는 부탁을 거절했지만, 이듬해 그에게 거처를 제공해준다. 그러자 치버는 형과의 애착관계를 끊기로 결심한다. 이런 결심은 훗날 그의 일기에서 발견된다.

1934년(22세) 예술인 마을 '야도'에서 여름을 보내다. 이후 몇 년간 그는 맨해튼, 새러토가, 레이크 조지, 퀸시 등을 오가며 낡은 자동차를 타고 거처 없이 떠돈다.

1935년(23세) 〈뉴요커〉의 편집자 캐서린 화이트가 치버의 단편 「버펄로」를 사다.

1938년(26세) 워싱턴 DC의 연방 작가 프로젝트에서 일을 시작하다. 루스벨트의 추진사업 중 하나였던 연방 작가 프로젝트의 목적은 문필가들로 하여금 지역의 역사 서술과 민담을 수집하고, 그 시대에 사라져가는 예전의 노예, 소작농, 방직업 노동자를 모두 인터뷰해서 기록으로 남기는 것이었다. 치버는 이것이 무익하다고 생각했다.

1941년(29세) 예일 의과대학 학장의 딸 메리 윈터니츠와 결혼하다. 이 결혼은 치버가 전 생애 동안 숱한 양성애 스캔들을 일으키는 와중에도 끝까지 지속된다.

1942년(30세) 2차대전중 육군에 자원입대하여 통신병과 포병으로 복무하다.

1943년(31세) 첫 작품집 『어떤 사람들이 사는 법』을 출간하다. 교외 저소득층의 삶과 자신이 경험한 일을 소재로 한 이 단편집에 혹독한 비난과 상찬이 쏟아진다. 그러나 스스로 만족하지 못했던 치버는 이후 평생에 걸쳐 이 책을 구하는 대로 없애버리려고 했다. 7월 31일, 딸 수전이 태어나다.

1946년(34세) 가족과 함께 서턴 플레이스 근교의 아파트로 이사하다. 이후 오 년 동안 매일 아침 정장을 차려입고 엘리베이터를 타고 지하실로 내려가 점심시간까지 글을 썼다. 참전 기간 동안 미뤄두었던 장편 『호랑가시나무』를 다시 시작하는 조건으로 랜덤하우스와 선불 계약하다.

1947년(35세) 5월에 단편 「기괴한 라디오」를 〈뉴요커〉에 게재하다. 이 작품으로 까다롭기로 소문난 편집자 해럴드 로스에게 극찬을 받다.

1948년(36세) 5월 4일, 아들 벤저민이 태어나다.

1949년(37세) 단편 「돼지가 우물에 빠졌던 날」의 초고를 완성하다. 그러나 치버는 이 작품을 1954년에야 발표한다.

1951년(39세) 빼어난 단편 「참담한 작별」을 발표하다. 원고 상태의 이 작품으로 구겐하임 펠로십을 수상한다. 5월 28일, 비치우드로 이사하다.

1953년(41세) 두번째 작품집 『기괴한 라디오 외』를 출간하다. 평가는 대부분 호의적이었으나, 평론가들이 평범한 수준이라고 여기는 잡지 〈뉴요커〉와 치버가 쌓은 관계 때문에 편견 어린 시선을 받았다. 또 비슷한 시기에 발간되어 인기를 모은 J. D. 샐린저의 작품집 『아홉 가지 이야기』 때문에 작가로서 자존심에 상처를 입었다. 한편 랜덤하우스는 치버에게 작품을 쓰든지, 선불금을 돌려달라고 재촉한다. 그러자 치버는 담당자에게 편지를 써서 "내 늙은 뼈를 경매에 부치겠소"라고 대꾸한다.

1956년(44세) 첫 장편 『왑샷 가문 연대기』를 탈고하다. 진 스태퍼드, 대니얼 푹스, 윌리엄 맥스웰과 함께 쓴 『단편들』을 출간하다.

1957년(45세) 『왑샷 가문 연대기』를 출간하다. 3월 9일, 이탈리아로 떠난 가족 휴가 중에 아들 페데리코가 태어나다.

1958년(46세) 『왑샷 가문 연대기』로 전미도서상을 수상하다. 작품집 『셰이디 힐의 절도범 외』를 출간하다.

1961년(49세) 작품집 『나의 다음 소설에는 등장하지 않을 몇몇 사람, 장소, 사물들』을 출간하다.

1964년(52세) 『왑샷 가문 몰락기』를 출간하다. 이 작품은 치버의 삶에서 최고의 평가를 받았다. 그해 3월 〈타임〉의 표지 인물이 되다. 작품집 『여단장과 골프 과부』를 출간하다. 문화 교환 프로그램의 일환으로 육 주간 러시아에 머물다.

1965년(53세) 『왑샷 가문 몰락기』로 윌리엄 딘 하우얼스 메달을 수상하다.

1969년(57세) 장편 『불릿파크』를 출간하다. 이즈음부터 알코올중독 증세를 보이다.

1973년(61세) 알코올중독 합병증으로 병원에 입원했다가 술을 끊겠다고 맹세하고 퇴원했으나, 다시 술을 마시기 시작하다. 아이오와 작가 워크숍에서 일 년 동안 강의를 하다. 강사로 온 레이먼드 카버를 만나 같이 술을 마시며 일 년을 보낸다.

1974년(62세) 대학 정규교육을 받아본 적이 없는 치버가 보스턴 대학교에서 제안한 문예창작 교수직을 받아들이다. 우울증과 알코올중독이 심해져 한 달간 재활센터에서 치료를 받다. 이때의 경험이 장편 『팔코너』의 곳곳에서 발견된다.

1975년(63세) 알코올중독에서 벗어나다. 이후 그는 술을 전혀 입에 대지 않았다.

1977년(65세) 『팔코너』를 출간하다. 1월에 유타 대학교에서 강의하는 동안 동료이자 비서, 연인이 된 맥스를 만나다. 두 달 뒤, '미국의 가장 위대한 소설 존 치버의 『팔코너』'라는 문구와 함께 〈뉴스위크〉 표지인물이 되다. 『팔코너』가 삼 주 동안 〈뉴욕타임스〉 베스트셀러 1위에 오르다.

1978년(66세) 『존 치버 단편선집』을 출간하다. 세계적인 명성을 얻은 이 작품집은 12만 5천 부가 팔려나갔다.

1979년(67세) 『존 치버 단편선집』으로 소설 부문 퓰리처상, 전미도서비평가협회상, 전미도서상(1981년)을 수상하다.

1981년(69세) 신장에서 종양을 발견하다. 11월에는 온몸으로 종양이 퍼져나가다.

1982년(70세) 3월에 마지막 장편 『이 얼마나 천국 같은가』를 출간하다. 4월 27일, 카네기홀에서 미국 예술아카데미로부터 문학 부문 국민훈장을 받다. "훌륭한 작품의 한 페이지는 그 어느 것에도 비교할 수 없을 만큼 막강한 힘을 지닌다"고 말한 그의 수상 소감에 대해 존 업다이크는 "그의 신념을 듣고 그곳에 모인 작가들이 모두 숙연해졌다"고 회고했다. 6월 18일, 암으로 사망하여 매사추세츠 주 노웰에 잠들다.

옮긴이 **김승욱**
성균관대학교 영문학과를 졸업하고 뉴욕 시립대학교에서 여성학을 공부했다. 동아일보 문화부 기자로 근무했으며 현재 전문 번역가로 활동하고 있다. 옮긴 책으로는『스토너』『그들』『사형집행인의 딸』『왓샵가문몰락기』『왓샵가문연대기』『분노의 포도 1, 2』『살인자들의 섬』 등이 있다.

문학동네 세계문학
이 얼마나 천국 같은가

초판인쇄 2016년 11월 8일 | 초판발행 2016년 11월 17일

지은이 존 치버 | 옮긴이 김승욱 | 펴낸이 염현숙
책임편집 정혜림 | 편집 이현정 고선향 | 독자모니터 이희연
디자인 김선미 이원경 | 저작권 한문숙 김지영
마케팅 정민호 이미진 정진아 김혜연 | 홍보 김희숙 김상만 이천희
제작 강신은 김동욱 임현식 | 제작처 한영문화사(인쇄) 경일제책사(제본)

펴낸곳 (주)문학동네
출판등록 1993년 10월 22일 제406-2003-000045호
주소 10881 경기도 파주시 회동길 210
전자우편 editor@munhak.com | 대표전화 031) 955-8888 | 팩스 031) 955-8855
문의전화 031) 955-1927(마케팅) 031) 955-8861(편집)
문학동네카페 http://cafe.naver.com/mhdn | 트위터 @munhakdongne

ISBN 978-89-546-4298-9 03840

www.munhak.com

존 치버 1912~1982

JOHN CHEEVER

존 치버의 일기

존 치버 지음 | 박영원 옮김

알코올 중독과 양성애 성향, 그리고 '결혼생활'이라는 일상 속의 전쟁. 35년간 이어진 한 평범한 남자이자 위대한 작가였던 이의 내적 충돌과 작가정신을 고통스러울 정도로 치밀하게 기록했다. 〈뉴욕 타임스〉 선정 '미국 현대문학의 수준을 끌어올린 혁신적인 문장'.

존 치버의 편지

존 치버 지음 | 민은영 옮김

존 치버의 일생이 고스란히 담긴 편지들을 한데 모았다. 타고난 유머 감각과 거침없는 솔직함으로 위대한 작가이자 삶을 사랑한 한 인간의 초상을 경쾌하면서도 감동적으로 보여준다.

팔코너

존 치버 장편소설 | 박영원 옮김

안온한 일상 이면에서 균열하는 미국인의 삶을 날카로운 통찰력과 눈부신 언어로 그려낸 존 치버의 대표작. 교도소라는 폐쇄된 공간을 무대로 인간 존재의 해방과 구원의 가능성이 펼쳐진다. 〈타임〉 선정 20세기 영문학 100대 작품.

불릿파크

존 치버 장편소설 | 황보석 옮김

도무지 문제없어 보이는 내 삶이 왜 터지기 직전의 풍선처럼 불안하고 아슬아슬하게 느껴질까? 탄환저장소를 뜻하는 이름의 뉴욕 근교의 불릿파크를 배경으로 그려지는 안정된 듯 위태로운 현대인의 고독한 초상화.